非琴俄罗斯文学经典译文集

Дневники М. М. Пришвина
普里什文随笔选

[俄]米·普里什文 著

非 琴译

河北出版传媒集团
河北教育出版社

图书在版编目（CIP）数据

普里什文随笔选 / (俄罗斯) 普里什文著；非琴译.
-- 石家庄：河北教育出版社，2018.8
（非琴俄罗斯文学经典译文集）
ISBN 978-7-5545-3670-4

Ⅰ.①普… Ⅱ.①普… ②非… Ⅲ.①散文集－俄罗斯－现代 Ⅳ.①I512.65

中国版本图书馆CIP数据核字(2017)第054402号

书　　名　**普里什文随笔选**
作　　者　米·普里什文（俄罗斯）
译　　者　非　琴
策　　划　杨　才　蒋海燕
责任编辑　郝建东
封面设计　于　越
版式设计　郝　旭
出版发行　河北出版传媒集团
　　　　　河北教育出版社　http://www.hbep.com
　　　　　（石家庄市联盟路705号，050061）
印　　制　河北新华第一印刷有限责任公司
开　　本　850mm × 1168mm　1/32
印　　张　10
字　　数　228千字
版　　次　2018年8月第1版
印　　次　2018年8月第1次印刷
书　　号　ISBN 978-7-5545-3670-4
定　　价　50.00元

目 录

I通向友人之路

1946年

1947年

1948年

1949年

1950年

Ⅱ沉思

1946年

1947年

1948 年

1949年

1950年

Ⅲ人类的镜子

我的同乡

树的生活

一年四季

人类的镜子

Ⅰ 通向友人之路

1946年

我们寻找该在哪儿安家。

河　畔

昨天，从一清早开始，北风呼啸，寒气袭人，仿佛冬季突然冲到人间，破坏了日复一日毫无变化的温和天气的平静交替。但中午阳光灿烂，一切都静下来了。

经过严寒，晚上空气、阳光又好似冰川上的夏天。

早晨，树木在阳光下披了一身豪华的霜花，这样过了约莫两个小时，霜花消失，太阳躲了起来；白天一整天静悄悄的，仿佛陷入沉思，树上融雪在往下滴水；傍晚，月色朦胧，清香阵阵。

光彩夺目的一天

昨天阳光灿烂，令人目眩！宛如来了一位“光艳照人”的美人儿。我们都屏息静气，仿佛变得十分渺小，眯缝起眼睛，望着自己脚下。只是在谷地里、树荫里，才敢抬起眼来看看淡蓝色阴影中一切发白的东西。

夜间满天星斗，但次日天色阴沉，谢天谢地，不然的话，三月里光彩夺目的白昼真让人无法对付，不是你，而是它成了你的主人。

白桦冷得发抖

整整一夜狂风怒吼，在屋里可以听到水滴滴落的声音。早上并不太冷：一会儿太阳探出头来，一会儿乌云密集，雪糁犹如从口袋里撒出的一般。云在空中疾驰，白桦摇摇摆摆，冷得发抖。

静静的雪

谈到寂静，人们常说："比水还静，比草还低。"但是还有什么能比正在飘落的雪花更静呢？昨天整整一天都在下雪；仿佛是它从天上带来了寂静。

这纯洁的雪，在纯洁的三月的光辉中，用它婴儿般的丰满造成了这笼罩一切有生命的和无生命的东西的寂静。一切声音只不过是增强寂静的效果：雄鸡高唱，乌鸦聒噪，啄木鸟仿佛在擂鼓，松鸦歌声婉转，但这一切只是使周围显得更静。

多么寂静，多么美好，似乎觉得，你自己对生活的理解也在明显增长，仿佛达到了这样的高度，那里既没有风，一切都沉浸在寂静之中。

活了的枞树

上面只见一片积雪，但由于阳光的作用，看不见的小水珠向下渗透到小树枝和雪接触的地方。这一点儿微不足道的水冲洗着树枝，雪从枝头跌落到另一根树枝上。小水滴从一枝落向另一枝，针叶微微颤动，由于雪和水滴，整棵枞树仿佛活动起来，激动不已，微微颤抖，光彩四射。

迎着太阳从枞树后面看上去特别好看。

雪下的河

河是那么白，全都覆盖着积雪，只有根据岸上的灌木丛才能辨认出河岸。但有一条明显的小路，蜿蜒曲折通过河面。不过因为白天雪下有水的时候有人从这儿走过，水流进他的脚印，结成了冰，现在从远处可以看得出小路，但在上面走，冰却很脆，一踩就碎。

和妇女们的谈话

晚餐时，两位姑娘坐到我的桌旁。

“为什么在您的书里有一种让人觉得亲切的感觉呢？您爱人类吗？”一位姑娘问。

“不，”我回答，“我不是爱人，而是爱语言，我总是和语言接近，而和语言接近的人，他也就接近人的心灵了。”

和妇女们谈得十分投机。

“跟您很容易谈得来，”她们说，“仿佛您也是个女人。”

“当然啦，”我回答，“要知道，我也是在生产啊！”

思想也像有生命的孩子一样，是诞生出来的，在问世之前，也要孕育很长时间。

温暖的林间空地

当你进入森林，一切都变得那么寂静，最后，阳光射进风吹不到的林间空地，使积雪渐渐松软。

四周白桦茂密，枝条呈栗色；透过白桦可以看到，蔚蓝的天空清澈如洗，一朵朵透明的白云掠过碧空，仿佛有人在抽烟，竭力想吐烟圈，可是总吐不成。

椋鸟飞来了

早晨天气晴朗，阳光洒满天空，犹如金光闪闪的玻璃。沿岸的冰已经融化，水面越来越宽，已经可以看出，冰漂浮在水上，虽然肉眼看不清，但正在悄悄地隆起。

杜尼纳[①]的树上已经有椋鸟了，一些小小的朱顶雀也已飞来，树上落了很多，正在唱歌。

我们寻找安家之所——买一所别墅，而且是那么认真，似乎确实有些打算，但同时心里却又暗暗地想：我一生都在寻找安家之所，每年春天都要在什么地方买一所房子，而春天正在逝去，鸟儿们已在孵雏，童话也随之渐渐消失了。

天越美，大自然就越是坚决地向我们挑战，挑逗说：天嘛，倒是不错，可你呢？大家都在应战——各人有各人的方式。

在这方面最幸福的是画家们。

---

① 杜尼纳，村名。普里什文的晚年就是在这里度过的。

追 随

有这样的情况，某人在积雪很深的雪地里穿过，结果他并不是白费力气。另一个人怀着感激之情顺着他的脚印走过去，然后是第三个，第四个，于是那里已经可以看到一条新出现的小路。就这样，由于一个人，整整一冬就有了一条冬天的道路。

可是有时候一个人走过去了，脚印白白留在那里，再没有任何人踏着他的足迹走过，于是风吹起地上的雪，掩盖了它，什么痕迹也没有留下。

大地上我们所有人的命运都是如此：往往是付出同样的劳动，运气却并不相同。

心醉的人

霞光比婴儿的小脸蛋儿还要娇艳，在寂静中，水滴悄悄地滴落下来，在阳台上间歇而有节奏地哒哒地敲打着……一个人心驰神往，站起来，走了出去，衷心向飞过的小鸟致意：“你好，亲爱的！”而它也在回答他的问候。

它向所有的人致意，不过懂得小鸟问候的，只有心醉的人。

爱的起源

花园里百花盛开，每个人都在花园里饱餐花香。人有时也好似百花盛开的花园——他爱所有的人，每一个人都进入他爱的怀抱之中。我的母亲就是一个这样的人：她爱大家，爱每一个人，但不为任何人花费。当然这还不是爱，这多半是心灵原封未动的宝藏埋藏在心底，而爱正是从心灵发源的。

爱的起源在于关心，然后是选择，然后是成就，因为无所事事的爱是毫无希望的。

然而我觉得，发源于百花盛开的花园的爱，好像一条小溪——爱的小溪经受过必不可免的考验，理应流入大洋，大洋犹如百花盛开的花园，它之所以存在，正是为了大家，为了每一个人。

疲 倦

在树林里走了很久，大概开始觉得累了。我的思想渐渐平静下来，离开树林，回家去了。

骤然间我觉得自己突然心情愉快，精神也变得高尚了。我环顾四周，看到树木变得高大起来，挺拔、美观的树以其向上生长的意志感染了我，使我也感到精神振奋了。

幸 福

昨天我在公园里被妇女们包围了，她们认出了我，于是表示对我的爱戴之意。

“您大概有一个幸福的童年吧？”有一个问。

“不会不受欺凌的，”我回答，“不过对我来说，幸福不在于童年，而在于我避开了自己所受的欺凌。”

我们大家都应舔净自己的伤口。伤口愈合了，也就幸福了。我们应该创造自己的幸福。

不错，幸福当然是必需的，不过是什么样的幸福呢？有一种幸福，纯属偶然，就不要谈它了吧。多想让幸福的到来就像建立功勋一样啊。

你看，我的朋友，这当然是我的幸福。不过难道我还不配得到它吗？从多么遥远的年代以前我就为了这样的幸福而备受煎熬，有多少岁月我在顽强的劳动中避开我个人所受的欺凌，我获得了社会的承认，可是我什么没有忍受过呀！

不，不！我是应得到自己的幸福的，如果每个人都能作出这么大的努力，以避开自己所受的欺凌，那么几乎每个人都是幸福的。

我说“几乎”，因为并不是全部生命之力都能集中在自己手里，所以人们才说“没运气”，或者“谁也没有把握说绝不会乞讨、绝不会坐牢”。

人们的幸福有时会“出现”，而欢乐却只能获得。

蘑菇也会走路

秋深了。枞树幼林上撒满了白桦树的小小金币和杨树的红色奖章。就是在阳光灿烂的日子，森林里也仿佛处在黄昏时分，加以落叶纷纷，使人看不见灰色、红色和黄色的菌伞。

“有蘑菇吗？”我问护林员的小女儿。

“有毛头乳菌、松乳菌、牛肝菌。”

“白蘑菇呢？”

“也有白蘑菇，只是眼下天冷了，白蘑菇都搬到枞树底下去了。白桦树下面您找也用不着找——都在枞树底下哩。”

“它们怎么能搬家呢，你什么时候看到过蘑菇走路啊？”

小姑娘慌了，但突然明白了我的意思，于是做了个狡黠的鬼脸，回答我说：“它们是在夜里走路哇，我怎么能在夜里看到它们呢？这是谁也看不见的。”

我们的事情

初寒突然袭来，但不知从空中什么地方正在落下雨滴。大雨滴在水里变成泡沫，和匆匆流动的雾气一起沿河顺流而去。

莫斯科河就这样在盥洗了。

我久久沉思默想地站在河边，考虑自己冬天的事情，猛一回头，看到就在我身旁，也是在水边，停着一只小鹬，它也在沉思，大概是在考虑它遥远的旅途吧。

我的事情在城市里，而它的——是在温暖的远方。

幸福的钥匙

对汽车的兴趣和对大自然的兴趣结合在一起了，因为可以打猎的地方越来越远，得驱车前去……所以，在大自然中的什么地方觉得自由或幸福，而口袋里的汽车钥匙仿佛也就是通向幸福的钥匙了。

1947 年

我的诗是我和人的友谊的记录，由此可见，我的行为是：我写——也就是说，我爱。

读 者

在一个美丽的地方，从前有一条长凳。现在只剩下两根相当粗的凳子腿，也可以在上面坐坐。我坐在一根凳子腿上。我的朋友坐在另一根上。我掏出笔记本，动手写作。我的这位朋友，你们是看不见的，我自己也看不见他。只是知道，有他这么个人——这是我的读者，我就是为了他写作，如果没有他，我就什么也写不出来了。

有时你把写好的东西读给什么人听。他问："这是为哪些读者写的?"

"为自己的。"我回答。

"我懂，"他说，"可是对大家来说这不可理解。"

"起初，"我说，"自己的读者了解，以后他再告诉大家。对我来说，只要自己的朋友、自己的读者能够了解就可以了，而他好比是全世界的一面魔法棱镜。他是存在的，所以我在写作。"

我的诗就是和这位神奇的读者——人的友谊的记录。我写，也就是说，我爱。

诗

我的诗，我献给人们的那种形式的诗，是我纪念我的母亲、纪念其他俄罗斯好人的良好行为的结果。我根本不是一个作家，我的文学作品就是我的行为的形象。

我认为，诗是形成个性的最主要的精神力量，而且是绝大多数人所固有的，他们当中的每一个人都能成为适合其天性的那种事情的诗人。

然而不可能由来自外部的作用来解放一个人内心的精神力量：来自外部的社会力量会起良好的作用，但它必须和每个人对待自己的相应的内心行为互相配合起来。

也许，我们称之为“诗”的东西，就是能解放创造力的、我们个人行为的形象吧。

乐观的力量

人们思想里对许多事物往往有种种怀疑的想法，但它们却是肯定见解的预兆：一个人私下里疑惑不决，但到了别人面前，已经具有自己的肯定见解了。这就像人们在生活中经常会有不幸，坚强的人很容易忍受着它，也像对待怀疑一样，在人前隐瞒着它。

然而经过失败，当欢乐到来的时候，却总觉得，所以会有欢乐，并不单是为了自己，也是为了大家的。于是欣喜而幸福的人就擂起鼓来。

所以，怀疑、失败、不幸、丑——这一切都是独自忍受着，隐瞒着，并逐渐消失。而肯定的见解、发现、成功、胜利、美、人的诞生——这一切却像小溪一样汇合到一起，形成乐观的力量。

当我在自己身上发现了写作的才能时，我是那样高兴，以后很久，我一直深信，似乎我为每个不幸的人、孤独的人找到了一条通往人间、通向世界的快乐的出路。于是这一发现就成为乐观的基础，我的一切作品都是献给它的。

为了爱的斗争

当智慧和善良在心灵中结合为一体，专注于某一事物时，那么这就是爱；一个善良而聪明的人，他的全部问题都归结为一点，——他应该爱谁?

爱就意味着去做。

美的诞生

没有粪就种不出玫瑰，但诗人仍然只赞美玫瑰，而不赞美粪，也就是肥料。应当展示玫瑰本身。也稍许留下一点儿腐臭变质的粪，为的是指出：美的近旁是善，紧挨着自由的，是它从其中挣脱出来的必需。

原来我现在所写的是，有一个崇高的愿望：为了别人献出自己的心，而让自己成为历史上的善!

“思想，思想，”当我还年轻，还是个大学生的时候，有一次我的姑母叶塞尼娅对我说，“思想有什么好处?”

“姑妈，您是怎样理解这些思想的呢?”

“怎样理解吗？就像抽烟的人从嘴里喷出的烟圈。把它们抓住，套到一根小棍儿上去：一个圈向着善，另一个向着恶。每个人灵魂里都有这么一根小棍儿，每个人都往自己的小棍儿上套上善和恶的小圈儿。问题也在于这根小棍儿，而不单在于思想。思想本身反正跟烟一样，所以我才跟你说：‘思想，思想，思想有什么好处？’”

有力量控制——恶本身也会变为善。生活使然！没有力量——善也会变为恶。懂了吗，朋友？

有一位姑娘看了我的《欢乐的学校》，前来问我：“您的这所学校真的存在吗？”

“既然您来了，它就是存在的，您为什么来呢？”

“我带了些诗来。”

“哈，可见它是存在的！您常写诗，从事这个工作吗？”

“不，我是搞金属冷加工的。”

成 熟

只是现在我才开始看到自己。对此，我是这样想的，大概，需要向上生长很久很久，才能不把自己看作自己，而是作为旁观者从一旁客观地进行观察，似乎一个人成熟了，于是也就脱离了自己。

对于岸的担心

现在我看得清清楚楚，我的母亲，一个商人的女儿，住在贵族的庄园里，好比被投入水中的陆地上的生物，被投入人生，而她只有唯一一条神圣的遗训：“游吧！”她遵照遗训游着，突然去世了，终于没能看到岸。

我的心里也有这继承来的对于岸的担心。母亲只不过天真地游，期待着岸。而这模模糊糊的对于岸的追求，作为一种天性，却把读者们吸引到我这里来了："他正在往什么地方游，让我们也跟着他游吧。"

春 天

我正在做什么，大自然中的一切，我什么也没看到，对什么也不理会。然而感觉到，有一位我期待的人就在我的身边，一想到他，一切就都变得那么美好。

有时，不知为什么事情总不顺手，结果也不好，同时却能感觉到什么美好的东西。而一想到这美好的东西，你立刻就会明白：这是春天。

在城里

我由自己身上感觉到，城外田野里，积雪下面已经出现了水，小溪正在寻找通往河里去的道路，冰正在渐渐隆起。

汽车正在进行修理，我不能在那里看到这一切，但也许正是因此，我才在这里，在自己身上更加强烈地感觉到了这一切。

母亲——大自然

我问两位妇女，其中一位带着一个男孩儿，另一位是独身一人：

"在分娩的时候谁更近似大自然——是母亲呢，还是婴儿?"

带男孩儿的妇女回答：婴儿。单身妇女回答：母亲。

"显然，"第一位说，"人们都说，婴儿听也听不清，看也看不清，什么都不懂，他当然更近似大自然了。"

"你是这样来理解大自然，"第二位回答说，"似乎大自然又聋又瞎吗？大自然中一切具备。而这只有和大自然十分相似的人才能懂得。正在分娩的妇女最近似大自然：她在一方面甚至就是大自然本身，而从另一方面来看——她本身又是人。"

常春藤

凉爽，寂静，阴沉。嫩芽在白桦树上舒展开，于是停住不动了。秋播地里一片浓绿。羊群正在休耕地里漫步。

稠李的枝条上缠着寄生植物常春藤的枯叶。但初生的嫩叶已经挂满枝头。这香气馥郁的稠李和寄生物结合在一起，叫人看着心情抑郁。不过没关系，不久绿叶和纯洁的花朵就将把寄生物遮盖起来。

而且还要这么说：在这儿，在稠李身上，生命的欢乐正在以繁花盛开的形式获得胜利。

创　作

爱情本身包含有新人诞生和成长的可能性，即使相爱的人并未生育血肉之躯的孩子，我们反正还是要根据他们为新人的幸福所做的事情来衡量爱情。

就这一观点来看，爱情就叫作婚姻。创作多半也像在婚姻中的情况一样，取决于一个人心灵中男性和女性因素同样的和谐关系，取决于长期流传的艺术品的诞生，并取决于这些艺术品对后世的影响。

杜鹃飞来了

温暖、明亮的一天过去了。晚霞满天时，寂静而寒冷。山鹬没有曼声歌唱，鸫也没有展开它的歌喉，但终于飞来一只杜鹃，于是从四面八方都传来了“咕——咕”的叫声。

杜鹃飞来了，这就是说，那尚未穿上衣裳的、惊慌不安的春天已经结束了，那时候每一只小鸟还想像我们年轻的姑娘那样，浑身战栗，不停地向四面八方转动着脑袋，问：“是不是那里，是不是他？”而当杜鹃飞来时，尚未穿上绿装的春天的惊慌不安就要结束了。

现在雌乌鸡以及其他许多雌鸟将要开始孵雏，然而那些尚未找到伴侣的雄鸟，现在将互相斗得更凶，唱得更起劲了。

杜鹃飞来了——这就和我们的姑娘出嫁一样，于是现在：“咕——咕”——她的处女生活结束了。

黄金般的日子

黄金般的日子，看得出来白桦树在逐渐发绿；一位画家说，小白桦树名副其实的黄金日子只有一天。

昨天画家画了一幅草图，从早饭时一直画到吃午饭的时候，他眼看着树丛披上新装——这是一个多么美妙的日子！

休息

休养的人们仿佛尚在梦中，在渐渐发绿的树林里缓步徘徊，今天我听到一个人对另一个人说：“似乎觉得，我终于回到自己这儿来[①]了。”

我真想问他：在这以前，你在哪儿呢？

---

① 这是逐字直译，意译为：“清醒过来”“恢复知觉”。

而稍一思索，就代他回答说：

“在这以前，我是处于别人的意志支配之下。”

大概，这就正是我们来到大自然中感到高兴的原因吧，因为我们回到自己这儿来了。

上山的路

“灵感。”叶莲娜说。

“什么灵感也没有，”拉丽莎说，“只有劳动，劳动。您认为呢，米哈依尔·米哈伊洛维奇？”

“我在想我自己没有劳动、从我母亲那儿得来的一座奇妙的花园。后来，我曾尝试自己建造花园，但它们却丝毫也不能给予我母亲的花园给予我的那种快乐，而母亲的花园是我自己没有劳动就得来的。

“有没有灵感，我不知道，不过有一个完整的世界，犹如一件伟大的赠品，是我不劳而获的。我个人的劳动，只不过是一种手段，用来争取占有这份遗产的权利：这一点有人比较容易做到，而另一个人就比较困难。大概有一些幸运儿，如莫扎特，单靠灵感就能获得这项权利，另外的人，却像驴子背负着重载登山，永远也达不到白雪皑皑的山巅。”

通向自由的道路

拉丽莎展开新画的一大幅油画……

“你走向自由，”拉丽莎说，“可是却落到比从前更严重得多的不自由的境地。”

“我知道的，”我回答说，“不过大家都是这样，不是吗：一个姑娘出嫁，开始生儿育女，——这是多么不自由啊！可结果还是比做老处女好一些。瞧，我也曾拿起笔来，想要到达鸟不受惊的地方[①]，结果却落到了作家的老虎钳里，可我还是在生产，一面在生产，同时感到兴高采烈。”

“你们反正没有关系，可是我们，女人们，在艺术界只听见人们大声地说：‘干吗要拼命往这儿钻哪，还是生孩子去吧！’”

错 误

拉丽莎正在结束一幅肖像画，我确切地注意到了那一瞬间，就在那一瞬间里，她那富有诗意的自由的虚构，让位给了写生的必需。

这是在星期四，当时我坐在那儿，心情颓丧，神情紧张，她却忽然想到，要在画像上开眼，她一画上眼睛，我的面部表情就显得严峻了，而这外表上的严峻与我内心的温和是极不相称的。

从这一瞬间起，这幅画就走上了不正确的道路，不会再有肖像，也不可能有了，因为“生命”被错过了。

感激的心情

和昨天一样，雾散后是一个晴朗的好天，夜里明月当空。

天气和感激的心情是亲属：一个产生于大自然，另一个诞生于人的心间。而人心中的和谐感则来自感激的心情。

---

① 普里什文的第一部作品就是《在鸟不受惊的地方》。

真的，在这奇妙的早晨，我感谢叶子像小鸟儿一般的金合欢树上奇妙的发暗的荚果；我感谢枝头挂满送给松鼠的礼物的枞树的树梢；我感谢从一个人转到另一个人手里的一切事物：桌子、凳子、一小瓶墨水和我正在上面书写的这张纸。

在杜尼纳

午饭后，小睡了约莫一个小时。醒来时仿佛觉得，我是在赫鲁晓沃村[①]里。一生中我作过多少旅行，进行过多少探索，最后发现——我所寻求的，原来是我在童年曾经有过而又失去的东西。

相　逢

紫罗兰在林荫中姗姗来迟，似乎是在等着，想看到自己的草莓妹妹。草莓匆匆赶来，于是她俩相逢了：春天的姊妹，浅蓝色五瓣儿的紫罗兰，和五片白色花瓣儿、中间用一颗小黄纽扣联结在一起的草莓。

向自己提出的问题

不知为什么我们好像觉得，如果是鸟，那么它们就多半在飞，如果是扁角鹿或老虎，那么它们就在不停地跑、跳。实际上鸟停着的时候比飞的时候多；老虎懒得很；扁角鹿常常吃草，只是嘴唇在动。

人们也是这样。我们想，人生中充满了爱。而当我们问问自己和别人——谁有多少时候在爱，却原来竟是那么少！请看，我们也是多么懒惰呀！

---

① 普里什文的故乡。他在这个村里出生，并在这里度过童年。

《歌之歌》

自我克制是力的泉源。我曾怀着内心的痛苦放弃了对一位女性的爱，而爱却带着生之欢乐，化身为诗，呈现在我的面前，听从我的指挥。

Л.[①]昨天朗读我的日记。我对自己感到非常惊奇——写下这么多奇妙的东西，却没有任何东西是为了自己，没有任何东西可以留作我安排生活的回忆。

我写下的东西，我一点儿也记不得了。在她读的时候，我却在想着所罗门王，把他看作一位最伟大的作家。“请看，”我想，“他为我们大家写了《歌之歌》，而他自己却一无所得。写了他那伟大的歌之后，世上的一切对于他都成了空虚。‘四大皆空，一切都是空虚’。”

“伟大的圣贤，”我对所罗门说，“你是否需要把这首歌献给人们呢？你在歌中献出了自己一切最美好的东西，此后世界上你周围的一切都成了空虚。如果你是一位真正的圣贤，也许你会为自己保留着这首歌，那么将近晚年的时候，世界对你就不至成为空虚了。”

“当然啦，米哈依尔，”所罗门回答我说，“你有一部分是对的。有些事物，对它们最好保持沉默，那么对你自己来说，生活要安宁得多。不过有些事物是必须讲给人们听的，即使事先预见到对自己来说的空虚。我的《歌之歌》就属于这类事物，我应该用它来拯救大地上的爱，同时让自己得到空虚。”

---

① 作者的妻子。

白麻布、雪或砂糖，——这算什么纯洁。麻布会脏，雪在阳光下就会消融，砂糖会溶解于水中。如果保持纯洁，而自己却会衰老，那么这算是什么纯洁呢？如果由于它你会青春焕发，这才真的是纯洁。

我知道它，但记起所罗门王在《歌之歌》中是怎样谈到它的，我自己也不敢说出来了。

我母亲的梦

淋过一场透雨以后，受尽折磨的、寒冷的土地上冒起暖烘烘的蒸汽。就是在莫斯科，这也是可以理解的。

午饭后我们驱车外出，半路上把汽车留在路旁，在林边坐下来。所有夏天的小鸟都在歌唱，一切都飘散着香气。我仿佛觉得，似乎整个大自然都在梦中，就像亲爱的母亲；而我已经醒来，轻轻地走动，以免把它惊醒。

但它现在虽在安睡，却像亲爱的母亲一样，在梦中以其独特的方式，对我的一切都了解得清清楚楚：听，我“啪”的一声锁上汽车，跳过一道壕沟，现在正默默地坐着。它却感到惊惶不安了——他到哪儿去了，他怎么了？

我咳嗽了一声——于是它放下心来：他在什么地方坐着，也许，在吃东西，也许，正在幻想。

“睡吧，睡吧，”我悄悄地回答，“不要担心！”

杜鹃在远方答应了一声。这只杜鹃，那些碛鹏，那朵草莓花和剪秋罗，所有我从童年起就这么熟悉的小草，一切，世界上的一切——都是我母亲的梦。

我的房子

俯瞰莫斯科河边我的那所房子——是一个奇迹。它，包括每一枚钉子，都是用我的童话和幻梦得来的钱建造的。这不是房子，而是回到它自身的泉源来的、我的才能。

我的才能的房屋——这就是大自然。我的才能来自大自然，而语言却穿上了房子这件外衣。是的，这是奇迹。

丢失了的思想

如果在一个闷热天走进针叶林，如同在一座宏伟建筑的屋顶下踱来踱去，两眼望着下面，信步徘徊。有人从一旁看着，就会想："他是在寻找什么东西。找什么呢？如果是找蘑菇，那么春天的蘑菇——羊肚菌，时令已经过了。如果是找草玉铃——却还没有长成。你是不是丢掉了什么呢？"

"不错，"我回答，"我丢掉了心中的思想。现在觉得，眼看就要找到了。瞧，就在这儿，在景天丛中找到它……"

在大洋里

你什么也不能做，如果你不把自己的小船置于伟大运动的浪涛之中，不使你个人的"希望"在全人类必需的大洋里获得明确的地位，那么你就将一事无成。我是不是在这样想呢？

我周围是一片林海。百年大树粗壮的树干，还有下面的花朵、蕨类、青苔、溪流，还有小鸟们，也从上面望着我，一只松鼠正在玩弄沉甸甸的松球。一切都如此明白易懂，一切都在证实说："你想得对！"

我走来，在人群中着手工作。我看着他们的事情和我自己的事情：一切都是正确的！

米哈依尔，把这些想法全都淹没在行动里吧。要保持《太阳的宝库》[1]中那种朴实的风格，那是大家都能理解的。和全体人民交谈吧：无论是学识渊博的人，还是没有学问的人；是老年人，还是年轻人；是俄罗斯人，还是非俄罗斯人。

草玉铃果

去采蘑菇。坐下来休息一会儿。我身旁有一棵白桦，树根从地下裸露出来，好像用六条腿站着。两条腿在前，两条腿在后，两侧当中也各有一条腿，把它分作两半儿。在这些腿中间长着一棵盛满了水的平茸。

地上已经到处都是五颜六色的秋叶，落叶之间时而仿佛露出一棵蘑菇来，而当你走近，想要采它的时候，它却又消失了。

在林中枯黄的衰草落叶之间，处处都能看到草玉铃肥大的红色浆果：春天曾经是香气馥郁的白色花萼的地方，现在在那同一根花柄上挂着一颗肥大的红色浆果。一年周而复始——草玉铃又将开满白花。

而在我们这儿，在人间，现在不也是秋天吗？我们的红色浆果已经开始发暗，每个人已经暗中等待着那芬芳的白色生命了。

玻璃上的蒸汽

今天早上，不知为什么我怀着十分满意的心情发觉，冷冰冰的玻璃表面上有薄薄一层我们呼出的蒸汽。

过了一些时候，太阳冲出灰色的云层。于是我明白了，玻璃上的蒸汽使我产生的满意心情，乃是对太阳的预感。初秋时候，常常会是这样的。

---

① 《太阳的宝库》是普里什文的一篇童话故事，作于1945年，曾获斯大林文艺奖金。

起飞滑行

当然，我能做这，也能做那，就像我能戒烟，能写书……能在不可能盖房子的时候盖房子一样，我还能做多少事啊。有时我甚至觉得，我什么都能做，如果人们给我、我自己也给我充分自由的话。

是的，我能起一个绝对真诚的誓：无论做什么都贯彻始终。但下决心起誓是很困难的，而且必然要要求有像飞机起飞滑行一样的条件——要求有一块能让个性起飞滑行的、完全不受阻碍的场地。

最困难的

骆驼穿过针眼比富人进天国还要容易，这句话对每个文化创造者都有关系，因为创造什么东西，这就意味着献身于它，而这一点正是最困难的。

花园

一个七十五岁的人，生命系于一发，而他却在种丁香花！而且不仅他一个人，也许以前还从来没有像现在这样，人们这样热心栽培花木——所有的人，只要可能，都在营造花园。

这意味着，第一，人们蔑视关于死亡的知识，仿佛是可以长生不老的；第二，这意味着，人的最好的东西的确是花园（天堂）。

生命长在

时候到了，严寒不再惧怕蒙着浓厚的灰云的、温暖的天空。今晚我站在岸上俯视冷冰冰的河流。我的心懂得，大自然里一切都已结束；也许，按照严寒的旨意，雪即将从天空降落到大地——似乎大地已在呼出它的最后一口气。

但远远可以望见茂盛而富有朝气的秋播作物的绿茵。啊，不！即使这里是最后的呼吸，那里，不管怎样，生命却在确立——即使不久于人世，也要把黑麦播种下去。

傍晚，河流上空寒气袭人，一切都渐渐消失在黑暗之中。只有冷冰冰的河流还留在那儿。天空中可以看到一颗颗赤杨的球果，就是那些整整一冬都留下来，挂在光秃秃的树枝上的球果。黎明时严寒久久不肯离去。

汽车车辙形成一条小溪，上面蒙了一层薄薄的冰皮，有几片橡树叶就冻在这层薄冰里；路旁的灌木丛化作白茫茫的一片，好似繁花盛开的樱桃园。严寒就这样坚持着，直到太阳制服了它。

这时它得到增援，力量壮大起来。于是大地也像天空一样，一切都变成淡蓝色的了。

时光流逝，跑得真快。篱笆上的这道小门，我做了有多久呢？现在蜘蛛已经用几道蛛网拴住栅栏的顶端，严寒又把蛛网改制成洁白的花边。

树林里到处都有这样的新鲜事儿：每面蛛网都变成了花边。蚂蚁都已入睡，蚁垤已经上冻，上面落满了黄叶。

白桦树上最后几片叶子不知为什么都聚集在树梢上，就像秃头的人残留的最后几丝头发。整株白桦树叶凋零，宛如一把棕黄色的小扫帚。这最后几片叶子可能就这样留在那儿，为了表示那些凋落的叶子并不是白白地凋落，新春到来，它们还会复生的。

十二月

今天寒气凛冽，天空晴朗。身体要求皮裘，心灵则期待着春天。

我的座右铭

总之，我应当了解自己。在我这个年纪，必然像所有这么大岁数的人一样，头脑里会积累下许多被一再翻动的思绪，因此说话时慌慌张张，急于把它们和盘托出，因此写出来的东西叫旁人无法理解。

正是因此，《太阳的宝库》应该成为我的灯塔，我永远也不应受高龄诱惑。

我的座右铭是：思考一切，但写作要让所有的人都能理解。

思想的诞生

在我漫长的一生中，有多少小小的子弹和霰弹落到了我的身上，不知从哪儿飞来，击中我的心灵，给我留下许多弹伤。而当我的生命已近暮年，这些数不尽的伤口开始愈合了。

在那些曾经受伤的地方，就生长出思想来。

通向友人之路

我的朋友！不要惧怕使你不能安睡、扰乱你心境的思想。不要睡吧！我让这思想钻透你的心灵。你要忍耐些。这烦扰是会有个尽头的。

你很快就会觉得，从你的心里有一条路通向另一个人的心灵。而在这个夜晚使你心绪不宁的，就正是要从你这里开辟一条通向另一个人的路径，好让你们能聚会在一起。

1948 年

有什么是不应该教给任何人而是一人的秘密吗——这就是严肃认真地用语言叙述自己的生活。

草

在我的奋斗中使我显得突出的，是我的人民性；我的祖国母亲的语言和对乡土的感情。我像草一样，从大地上出生；像草一样开花；人们把我割下来，马吃掉我，而春天一到，我又一片青葱；夏天，快到彼得节[①]的时候，我又开花了。

对此毫无办法，只有在俄罗斯人民灭亡的时候，才能把我消灭，但人民是不会灭亡的，也许，它才不过刚刚开始生活。

树木的伤口

教授从季米里亚泽夫卡给我寄来了贺信。信中以极为优美的词句顺便谈到，大自然曾在我青年时代最初一段岁月里向我微笑过，而我一直是在描写这次微笑。

---

① 彼得节，在旧俄历6月29日。

是这样的吗？

我记得，初恋曾在我心灵里留下一些致命的血迹。后来，我置身于大自然之中，于是，光的春天里，雪地上什么小动物的浅蓝色足迹渐渐取代了这些人类的血迹。我描绘的就正是这渐渐转变为欢乐的痛苦。而当行将垂暮，我的朋友——就是青春时期我曾等待过的那位女性，还和当年一模一样——到来时，于是……

我清清楚楚记得，当她到来时，我还不理解她的意思，但心里却在想着她，就这样来到了树林里。望着雪地上我心爱的足迹，突然发觉，我站在那些足迹上，但心里想的却不是它们，而是她。似乎足迹正在离开我，渐渐变得根本不是从前那些足迹了。

这么说，大自然给我带来的欢乐，显然如同松树受伤时流出的树脂。全部大自然的美，对我来说，就好比是松树上的松脂。

而当我的朋友到来，足迹已失去昔日的魅力。这就是说，我最后的伤口已经渐渐愈合了。

你们，大自然的爱好者们，当你们在树林里心不在焉地拿起一小块树脂，尽情享受有益于健康的树脂芳香时，请你们记住，树木就是用这种香脂医治自己的伤痕，它们的全部生活就是经常不断地对光的追求。而人也有他自己的树脂：诗。

我的斗争

如果说我仍然存在，这是因为，我当真是把自己的心灵，而不是意图，献给了我所写的东西。在我全部漫长的写作生涯里，我的斗争就是为了思想而牺牲自己心灵的斗争。因此我虽然年事已高，却仍然有着取之不尽的力量。

神秘的朋友

每个作家在晚年都会有这样的体会——在自己那些迅速被人忘却的作品里发现不同凡响的一页。仿佛春汛把这一装在铁模子里的思想猛抛出来，就像把冰块抛上岸去一样。把冰块抛上来的水早已消失在大海里，而冰块一直还在那儿，一点一滴地消融。

当我在愉快的一天看到这样的一页时，我总是惊讶不已。我，懒惰，轻率，一般说来毫无可取的一个人，怎么能写出这样的一页？沉思之后，我自己回答说：并不完全是我自个儿写的，而是有一些神秘的朋友和我在一起创作，因此是我们共同写成了这样的一页，把它看作仅仅属于我一个人的，这使我感到羞愧。

写字台

有多少聪明而有教养的人被指派去分析米哈依尔——普里什文最简单不过的作品，要揭开其中的奥秘，把它提供给那些想要出色地写作的人。我自己觉得好笑，有时甚至感到恐惧，因为万一突然发现那里一无所有，人们要讥笑我呢？

但更可怕的是想到我自己竟会相信那些强加于我的东西，从此不再坐在树林里潮湿的树桩上写作，而去给自己买一张真正的作家用的写字台。

为什么？

屠格涅夫在他沉醉于诗的意境时看到少女。如果我在这种心境中看到花朵，那又有什么区别？为什么都说他那儿有人，而我这儿有大自然呢？

我的力量

我的力量在于，我没有把自己才干的天然黄金送到造币厂去。这并不是说，我把自己的才能埋到了地下，不是的！我保存着它，使之日益增辉，而且做了我能做的一切；只是没有为了增加金币在流通过程中的硬度，在它的纯金里羼上铜和锡。

我感觉到自己经常为此受到责难，但我相信一点：大概，这应当如此。于是就心安理得了。

应该记住战争，记住你是一名哨兵。这就是说，你不能入睡；为了自己的事情而走开，也是无论如何都不行的。

祝　贺

我到裁缝那儿去，订做一件猎人穿的短上衣。

“您还在打猎吗？”裁缝问。过了一会儿：“啊，我忘了祝贺您七十五岁寿辰了。”

“想得起来要祝贺这个！”

“怎么呢？”他瞪圆了眼睛。

如果他能懂得，对于身体相当健康，而且神志清醒的人，这些岁月具有何等重要的意义，那就好了。祝贺什么啊！应该祝贺这个！然而可惜！人们只是看看报纸上的消息，就这样向人道贺。

残疾人

医生劝告我，与其把自己当作一个完全健康的人，不如看作一个二等残疾人。我同意使自己的举止像一个残疾人，不过却要像一个完全健康的人那样写作。

“正是因此我才劝您作一个残疾人，”他回答，“好让您能更好地写作。”

心灵之井

我惯于和自己的心灵共事，以至一切都直接从它那儿获取，犹如用桶从井里打水；因此，当我身边发生什么有关道德的争执，有人援引权威性的意见时，我就惊慌失措，缄默不语，觉得自己是一个不学无术的人。

通过这样的沉默，谦逊和从自己心灵里吸取一切，我使自己获得了长生。

艺术家

特写没有写好。谢天谢地，毕竟并不是一定要百发百中，发而不中也是可以的。否则我就成了个烤馅饼的，而不是一个艺术家了。

高于幸福

林中漫步，有时仔细思量自己的工作，会强烈地感觉到一种哲学家的喜悦——似乎你是在决定全人类思维的命运。这样的时刻大概抵得上最高的幸福。

种子的生活

都在谈论，大自然对种子的浪费真是令人难以置信。可是不先想一想，说不定在大自然里，种子本身就是生产的目的。不过种子也许还有旁的专门使命，正如一个献身于艺术或叙述自己生活的人。

（问题：除了发芽，是什么构成种子的生活呢？——作鸟儿的食物……还有呢?）

大自然的信号

一只夜莺在我窗下通宵歌唱。我想到了莎士比亚《罗密欧和朱丽叶》中的夜莺和云雀：在莎士比亚之后，人类一再重复这些关于夜晚（夜莺）和清晨（云雀）的大自然的信号。

在夜莺歌声的伴奏下，我想，莎士比亚从大自然中撷取一点儿素材，放进他的诗篇，纯属偶然；我却把这当作我的道路。

盛装的清晨走出浓雾，最初是先让人听到种种声音：夜莺鸣啭，杜鹃歌唱；然后渐渐地枞树缓步出场；由于挂满露珠而变成银白色的花楸，好似全身披着蛛网，也出现了。

黑麦正在抽穗

黑麦正在抽穗。看到穗下菌已经有三天了。还远未到草木变色的时候，不过已经出现一片淡黄色的叶子，风立刻发现了它，于是它像一只淡黄色的蝴蝶，随风飘落到我的窗上。而对我来说，只要有一片黄叶，就足以使我的心弦调向秋天了！不管六月里是多么美好，秋天却总是要到来的。

林 边

除了拥挤的树林里受压抑的树和林边幸运的树，还有介于两者之间的、密林深处的胜利者：它在争取光的斗争中甩掉树枝，只剩下光秃秃的树干，像一支蜡烛，急速向上生长，穿透绿荫如盖的林冠，终于见到了空中的亮光。

于是我也竭力要战胜压迫，而不去羡慕那些林边的母树。

最好的

有时候我很爱夸耀，春天对我是美好的：三月是光的春天，四月是水的春天，而五月的鲜花，还是让那些住在别墅里的人去欣赏吧。现在则不然！却原来最好的是五月——花儿的春天。

从一清早就到树林里去采蘑菇。夜间下过雨以后，整个树林里露水盈盈，洒满阳光。多么静啊！一切思绪都懒洋洋的，昏昏欲睡，犹如中午时的畜群。

鸢 尾

鸢尾开花了。我平生第一次看到开花的鸢尾，对它独出心裁的奇异形式赞叹不已。在我看来，若论精致，这种小花可算得是首屈一指，相形之下，玫瑰就似乎粗糙了。

“您喜欢鸢尾花吗？”Л.问。

“不喜欢，”我们的客人回答，“不能用它们来作花束。”

我们不能反驳真理。而且无法证明，世界上有这样的事物，就其美而言，甚至是不以真理为转移的。

自己的夜莺

п.с.在种土豆，我却在这个春天里第一次听到了夜莺的歌声。

“п.с.!”我大声喊，“夜莺在歌唱。”

他稍停了停正在做的活儿，听了听，回答说：“在这个时候，它为什么不唱呢?”

问题在于，应当说，夜莺一般唱得并不怎么样。唱片上的录音，播放出来只不过是不值一提的啁啾而已。

不过当自己的夜莺为我们歌唱时，我们当中的每一个人都会有一些幸福的瞬间。于是通过这只夜莺，似乎整个世界都在为我们歌唱。

现在，当我在这个春天里又听到夜莺的时候，当然啦，我是在想着我自己的那只夜莺。而п.с.要么是还没听到过自己的夜莺，要么就是已经忘记了。因此，他想到夜莺，一般只是把它看作一种候鸟，所以他说：“在这个时候，它为什么不唱呢?”

林娜·波[1]

林娜·米哈伊洛芙娜·波来了。她双目失明，是一位雕塑家。她给我们讲述了自己惊人的生活经历：她，一个芭蕾舞演员，怎么跌了一跤，于是

① 林娜·波（1899—1948），苏联雕塑家。

双目失明。后来，一个盲人却完成契诃夫的塑像，于是就成了个雕塑家。

这是一个小小的实例，证明人就是一切。

我的朋友

心灵里和幻想之中都没有时间。然而幻想在飞翔时会遇到障碍，障碍的周期性重现就构成了我们所谓的时间和空间。

不过并不是一切都离开心灵，迎着障碍飞去。正如我们所说的，人的“心灵后面”还有点儿什么。这就正是我们总在向它看齐的那个东西。在内心深处，我们经常和他互相商议。对他，我们每一个人都可以说：“这是你呀，我的朋友。”

自命不凡

有时会很不愉快地在我以前写的书里遇到我自己的“唯我主义”的例子，也就是自命不凡；我明白，有些人看到这些地方，必然会不喜欢我。然而这还不够！有一些模仿我的人，却把这种“唯我主义”当作我的本质。

纯洁的心

蚂·沙金嬢在门诊部里问Л.：

“你坦白地说，米·米[①]吃人参吗？”

“不吃，”Л. 回答：“我们曾经有过一瓶，不过战时有人把它吃掉了。”

“那么为什么他在这个年纪，看起来还是那么精神呢？”

---

① 即米哈依尔·米哈依洛维奇，指普里什文。

“因为，” Л. 回答，“他有一颗纯洁的心。”

这一回答，她是从我的《人参》一书中借用来的。在那本书里，鲁文要求寻找生命之根[①]的人有一颗纯洁的心。

“纯洁的心！”玛丽叶塔[②]重复了一遍。于是默默思索着坐在沙发椅上。“是啊，”她说，“一颗纯洁的心，对于健康也是有某种意义的。”

神秘的友人

一个人会抛开自己所有亲近的人，亲属和朋友，去向一个素不相识的人倾吐积愫，显然深信，和亲人们在一起，生活正在消逝，而真正的生活是在我们日常的经验和联系之外开始的——这是怎么一回事呢？

共同的信号

在艺术领域里，是需要学习技巧的，只不过不要把它当作最主要的东西；而最主要的，所谓秘密，正像在道德领域里一样，是包含在某种品行（大概，是个人的）里。

艺术领域里的品行或方法——这就是你个人、你自己这个人的一系列信号，你自己这个人的心向另一颗心发出的一系列信号，犹如向另一颗星球发出的信号一样。

从另一方面来看，人的心灵本来只有一个，某一颗心的信号，也就是

---

① 指人参。

② 即沙金孃。

共同的信号。

我的信念

预定要做到的事都没能做到：长篇小说尚未脱稿，文集也没有编完。就连我心爱的狗狗也病了，说不定，它不会再活下去了。

然而我是存在的，是的，我正在用自己的语言，力所能及地改变生活；我在创作，这就是说，我是存在的。同时，我老是在考虑将来在人们的意识里我将占有某一美好的好置。这个想法越来越占据了我的心。

这将在什么时候、什么地方，是什么情况——这些我都说不上来，但是我深信，我一定会找到自己的位置。而我的这一信念，是我的人的理性的需要。

1949 年

诗——就是化美为善这一功勋的灵魂。

公　路

我在公路上走。一辆汽车疾驰而过，一片干白桦叶跟在车后急速飞翔，紧追不舍。叶子已经发黑了，在白色的背景里，是那么显眼。我的心灵已和这片叶子结合在一起，我想到我自己——当我写作顺利的时候，我也是这样，似乎整个世界像这辆汽车一样飞驰，而我犹如一片树叶，在它掀起的旋风里向前飞奔。

心　计

人们被教育成疑心很重的人。可是，要知道，孩子们天生就有的信任却被评价为人类心灵的最好的品质，甚至经常说："但愿像孩子们那样。"

对于心计也是这样：应当想象，这意味着激发别人的思想；而生活却教人玩弄心计。

对于爱情、真理、真实等等，也无不如此。

我反复考虑自己在"心计"上的无能，于是就想到了这一切；所谓

"心计"，就是要在思考时不把自己的发现告诉人们，而把它隐藏在心里，仅供在特定的范围里应用。这就等于，譬如说，走进森林，心里只盘算着有多少立方米的木材。

我记得在高尔基那儿吃饭的时候有过这么一次谈话，我指出他的行为里有不合情理的地方，他回答我说："嗯，要知道，我是狡猾的。"

对此我略想了想，回答说："没关系，这很好嘛，我也是狡猾的。"

高尔基听了却微微一笑，说："嗐，您呀，您算什么狡猾的人哪!"

就这样，我这一生在精明的人们当中都像个傻瓜，而我一动手写作，人们却又惊叹不已，认为我是个聪明人了。

遗 嘱

要确切地评论一个作家，只能根据他的种子，应该了解种子的命运。而这需要时间，时间。

那么谈谈我自己（已经写作五十年了!）吧。真正的成就，我是没有的，名望甚至还不如一个中等作家。然而我的种子是能够发芽的，从这些种子里正在长出金蕊蓝瓣的小花，就是人们叫作勿忘我的那种小花。如此说来，如果可以想象，人死后会慢慢分解，成为构成各种动物、植物和花卉的基本因素，那么结果将发现，从普里什文身上留下来的是勿忘我花。

亲爱的朋友，如果你比我长寿，请把这些散乱的篇章收集成册，比如做一个花束，并把这本小册子命名为《勿忘我》吧。

紫红色的斑点

太阳落向一些白桦树的后面，白桦树却仿佛在向白云——春天里呈积云状的白云伸展。树林里一棵松树被太阳涂上一块紫红色的斑点，太阳正在下落，斑点却渐渐升高，渐渐熄灭。

我望着这块斑点，同时想着我自己：我也应该这样——有朝一日是要熄灭的，不过一定要在上升的时候。

存在之弦

在我悲伤或喜悦时，使我稍有点儿窘迫不安的是这样一种情况：如果悲伤来临，我并不是感觉到客观存在的悲伤，而仿佛觉得，我心旁有一个弦轴被一点儿一点儿地越扭越紧，于是那根独特的悲伤之弦也给绷紧了。听，它已经唱起它自己的那首歌曲在这首歌曲的伴奏下，来到我头脑里的一切想法都像送进打谷机去的一捆捆庄稼—— 一切都化为哀愁：我的爱情、荣誉、俄罗斯。

恰恰相反，如果绷紧欢乐之弦，那么即使天气不好，在纸上我也会把它变作好天。如果自然界里风和日丽，我就出去散步，每走一步，都会发现一些奇迹。

早晨我一起身，觉得：欢乐之弦在歌唱。

“右脚先下地[①]！”伊丽莎就在门外说。

或者感到的是悲伤之弦。

“左脚先下地。”伊丽莎就明白了。

于是在这一整天里，这个存在一直决定着我的意识。

---

① 俄罗斯民间的一种迷信说法：认为一清早起床右脚先下地，心情就好；如果是左脚先下地，则心绪不佳。

然而我不愿这样，不，不！我在自己身上寻找能决定我的存在的意识，我希望自己来支配存在之弦，我希望让我的艺术成为我自己的行为，而不要成为我的存在的古怪想法。

深刻的一瞥

最近一次坐火车时，我在看一本小册子，对人们连瞧都不瞧一眼，因为我觉得，这些衣着寒碜的外省人，似乎都是些畸形儿。蓦地我的思路一转，丢掉自己全部见解中对外表美和性别的成见，用一个思想深刻的艺术家的目光向他们瞥了一眼，突然所有的人都变得很有意思、相当出色了。

从高处

三月和四月正在过去，仿佛是从山顶上往下跑似的。

我从高处往下走着，一再对自己重复说：我不要高，而要近；在这和大家都接近的地方，我不要狭隘，而要友谊。

如今我从自己的三月之山上下来了。五月里，今天这儿如此奇妙：树林里，小树枝儿正在渐渐发绿；就连林妖怕也记不起有过这样美的树枝，而且多得不计其数！

这时，披上绿纱的树林里飞来一只杜鹃。现在每个人都高兴看到它：照民间的说法，杜鹃飞进穿上新装的树林，预兆这一年里人人都有衣穿。

……心仿佛被鞭打了一下——仅仅为了个人而反抗是多么渺小，多么可鄙，既然已经提出关于全人类幸福的问题——突然想要站到它那一边去。于是想起布满冰川的山巅和下面淹没在一片嫩绿中的一切。

……可这是什么？还是只不过证明，高正在获得胜利呢：高大的树、高尚的人、崇高的精神、冰冷、乐器、逻辑的智慧、数学、总结？……

妇女问题

“妇女问题”的全部错误在于把不可分割的东西分割开来，单独地对待男人和女人；然而这其实是一个统一的、完整的整体。而且连同孩子们、后裔、祖先、全人类、人都是一个统一的、完整的整体。

大自然里一切都是为了正常而安排的，一切都是为了神圣和无罪而安排的。最初把美给予女人，为的是吸引男人，因为精神上的联系还是微弱的。而当美已消失的时候仍然相爱，因为心灵已经亲近了（有机的结合）。

神秘的地方

爱—— 一个神秘的地方；我们每个人都是坐在自己的船上驶向那里；在自己的船上我们每个人都是船长，而且是用自己个人的方法驾驶它。

给医生们

今天我克服了力求安宁的身体的惰性，迫使它行动。健康的秘密就在于此，而这健康是全靠已经成为习惯的劳动来保证的，如果这劳动有益于健康，那就更好了。但愿医生不仅仅是给我们医治心、肺和肝脏，而是注意到一个人的劳动能力，在这方面为我们进行治疗：恰恰是在某个时间、某个地点、从事某种劳动的心脏、肺以及其他，等等。

总之，但愿能医治作为劳动者的个人，深入研究病人劳动的本质。

爱的孩子

“你说是爱，可我看到的只是忍耐和怜悯。”

“忍耐和怜悯，这就正是爱了。”

“老天爷保佑！那么快乐和幸福呢，难道它们注定要留在爱的船舷之外吗?”

“快乐和幸福——这是爱的孩子。而爱本身，作为一种力量，这就是忍耐和怜悯。如果你现在是幸福的，为生活而感到高兴，那么就为此感谢你的母亲吧，因为她怜悯你，并且忍受了很多痛苦，就是为了让你长大，成为一个幸福的人。”

心灵——杜鹃

下过一场五月的雨，森林里听到一声：“咕——咕！”由于射进森林的第一道光线，一颗露珠闪闪烁烁，像钻石一样变幻不定，发出五光十色。把那颗露珠的话翻译成人的语言，就是：“一切真正新的东西都在证明着美和善，并且给人以希望：将来恶会被消灭。”

当阳光在森林里向四面八方迅速分散开来的时候，一切叶子、花朵、树木、灌木丛、刺猬、小兔子，都打开了话匣子；一切都闪闪烁烁，发出呼哨声，“咕咕”地叫起来、唱起来，一切都化作人的语言，汇集在心灵里了。

花和果

M. B. 拿来一颗成熟的草莓果，浆果底下还完整地保存着白色的花冠：果和花都在一起。紧挨着这颗成熟的浆果，在另一根小枝上有一颗简直还是青绿色的浆果，还带着白花。

我们大家对这自然界的奇怪现象仔细观察了一阵子，因为不大懂得植物学，都不知道该说什么。

“这就是说，大自然就是这样的，”一个普通的人说，“果实正在成熟，花也保留下来。”

Л.却指着我说：“这就是他！”

……你把我当作他来爱的那个人，当然比我要好得多：我不是那样的人。不过你爱吧，我要尽力成为比我自己更好的人。

关于爱

夜间我思索着两种爱。一种，是动物的爱。得到了，然后一脚踢开，或者丢掉它，像斯捷卡[①]把他的公爵小姐丢进伏尔加河一样，像大多数男人——连列夫·托尔斯泰本人也不例外——所想象的对女人的那种爱。

而另一种爱里则含有自己的一种信念，确信自己所爱的那个人具有一些谁也不知道的、极好的特点。这种爱好比是一种使命，好比是一个孤独的人走向“人间”的通路。

我们时常看到，一个男的并不怎么样，而女的却卓越非凡。这就是说，我们不了解这个男人的优点，这些优点已被这个女人赏识，而我们尚

① 斯捷卡：即斯捷潘·拉辛，17世纪俄国农民革命领袖。

未发现：这样的爱是有选择性的，而这大概就是真正的爱情。

爱在实际上是简单的，可是如果要把爱情写下来，想到什么就写什么，那么即使表面上一切都好，心里却会有多少疑惑、多少犹豫、多少形形色色的考虑！而实际上，如果冷眼旁观，那么一切都很简单；不可理解的是，为什么直到如今人们都不按照大家必须遵守的一些规则来爱呢？

反映

就让心在早上稍微跳跃一下吧，然而晚上心里会多么宁静。仿佛漫长的一生全都涌出，映照在平静的水面上：不管你往哪儿瞧，不管你回忆什么——一切都映照在里面了。瞧，岸上有一块石头；我不再走了，只是坐在石头上，望着水中映出的影子。

散文诗

感谢我的命运，我带着自己的诗进入了散文领域，因为诗不仅能推动散文，而且能使灰色的生活本身变得阳光灿烂。这一伟大的功勋正是像契诃夫那样的、我们的诗人——散文作家们建立的功勋。

我感到，在这方面我十分渺小；不过我的道路是正确的，是真正的俄罗斯的道路、人民的道路，这是毋庸置疑的事实。（我的读者们几乎每天都在为此作证）

在昏暗中

眼睛看不见在下毛毛细雨，但屋顶上却在往下滴水。不是雨，而是潮湿的空气，是雾。大地仿佛正在离去，周围的一切都变得萎靡不振、索然无味。

进入森林时，我的心本来是要考虑我的文学上的敌人的，但我的心里还有某种东西，比敌人更强大，也更加可怕。于是我想，敌人看来还是小事。

“去他们的吧！”我说。

在这以后，我好像突然醒悟，所有这些和敌人有关的事，都变成这样了：似乎我在刷脏碗、脏碟子，当我把它们擦洗干净以后，我变得那么快活，那么兴高采烈地把它们整整齐齐陈列到架子上去。

突然，我感到惊讶了：似乎我的敌人犹如伤口上结的干痂，正在脱落。

在朦胧昏暗的光线中，四周是一片小枞树林。天渐渐黑了。然而就在这儿，我也觉得很好，这种喜悦大概是不以地点和时间为转移的。

啊，在人们中间，多么需要保持这种完全自由的感觉呀！但愿能一面听他们讲话，一面对他们亲切地微笑，一点儿也不伤精费神。但愿能从事这样的事业！在昏暗中，我还在想，人们自已造成阴影，却又害怕它：往往是一个人的阴影落到另一个人的身上。

而死亡—— 一个最可怕的敌人，也就是黑暗本身，也像对黑暗一样，需要用光来与之进行斗争。

1950 年

我的故事在滋生蔓延。于是我想，像我所写的这些关于生活的笔记，是不是比一切小说更宏大呢？

生命的脉搏

有时喜悦会无缘无故滚滚来到心间，在这种时候我简直无法对付自己。要知道，它是怎样滚滚到来的呀！这时，连空气也叫你高兴，不知哪儿有些看不见的愉快的小鸟在唱歌，在拥挤的人群中看到了什么的眼睛，这一切都叫你心花怒放。

甚至即使来自我心中的喜悦没有任何理由和借口，那么你觉得高兴就不过是因为你活着。

在那里，在一片沉寂中，你听得到自己血液的运动——生命的脉搏！当你领会到这一点时，蓦然想起，瞧，就在你的身边，你的朋友正在受苦呢！

于是急忙去寻找各种途径——但愿能把这生命的欢乐献给人们。

奠定生活

“你”——这就意味着，我应该为你做点儿什么。“你”对于

"我"——这就是行动，这就是说，我要为了朋友献出我的生命。这还意味着，在这儿，在大地上奠定了生活。

水

说了那么多多余的话，以致后来在街上痛苦呻吟。而一切都是由于在作家中间那种骇人听闻的孤独感。你在说多余的话，而在像水一样的特殊环境里，又为此痛苦不堪：水仿佛含着微笑接纳每一颗小石子，而每一颗石子都会沉到水里去。石子所以激动不安，正是因为沉下去的是它自己，而它（水）却满不在乎！

比生命更重要

不过这真是怪事：对生命毫不可惜，但如果设想，有朝一日我将搁笔，我就觉得这是不可能的，没有写作的愿望，生命也就毫无意义了。我好像觉得，我的这种愿望比生命更为重要。

小童话①

善良的人们弯腰躬背，在沉甸甸的口袋里背着自己的善行到天国乐园去。只有可怜的弗朗西斯科②独自一人，来的时候没有带着善行，而是双手捧着一束勿忘我花。伟大的园丁看到他，问：

---

① 作者的日记中有一段附记，说他想把这篇小童话插入写给亚·亚·法捷耶夫的一封信里。（原注）

② 即圣弗朗西斯科（1182—1226），意大利人，天主教芳济会的创始人。

“弗朗西斯科，这些花你是在哪儿弄来的?”

“善良的人们，”弗朗西斯科回答，“把他们的善行带到天国的乐园来，从他们的口袋里掉出些什么东西；地下落上一层肥料的地方，就长出了勿忘我花，于是我就把它们采集起来了。”

“既然在地上会从善行中长出鲜花，”伟大的园丁大声嚷道，“那么他们干吗要把自己的善行拖到天国来呢?”

从这以后，由于弗朗西斯科的努力，所有被带到天国乐园来的善行都化作甘霖，降落到大地上，于是大地上开遍了鲜花。

这就是我的小小的童话。请你们相信，是会这样的，并祝愿你们能活到享受这花丛中的幸福的一天。然而可惜！我已经七十七岁了；我不会活到天降甘霖、鲜花遍地的那一天了。不过如果我能活到那一天的话——到那时请到我这儿来吧，我要为你们把我这小小的童话磨得更加犀利，使它具有实际的力量。

两滴水

这是在下雨的时候：两滴水顺着电线迎面滚来。它们本来是会碰在一起，形成一滴大水滴，落到地上去的。可是一只鸟儿飞过，碰到了电线，于是两滴水在彼此相逢之前就都落到地下去了。

这就是关于两滴水的一切。对于我们来说，它们的命运已消失在潮湿的泥土里。不过，根据自身的经验，我们都知道，遭到破坏的彼此迎面相向的运动，在那儿，在这黑暗的大地里，仍旧会继续下去。

两个生物迎面奔向对方，终将相会；关于这样的可能性，已经写过那么多激动人心的图书了。关于在电线上迎面奔驰的两滴雨滴，就不要多讲了吧，为的是着手研究人类命运中彼此相逢的新的可能性。

在高尔基大街上，一清早融雪的水滴就在敲打着下面的冰，仿佛远方在用连枷打禾。一个小老头儿，用牙齿叼着烟蒂，从光线明亮的人群里向外张望。看他那神气，他随便看什么人，都好像洞悉每个人藏在内心里的秘密，并对此轻轻地微笑。当他的目光和我的目光相遇时，与其说我不像旁人那样把自己的目光避开，倒不如说我是在对他的目光施加压力。他发觉我对他特别注意，就对我眨眨眼，腮帮子很快动了动，把嘴里的烟蒂吐了出来。

在这以后，我往前走去；似乎从小老头儿那里学会了猜测人们内心隐私的本事，于是也微笑起来：它，这内心的隐私，原来是这么平常；而人们为了向别人隐瞒自己心里极其平常的东西，却忧心忡忡，装出一本正经的样子，多么可笑哇。

我的现实主义

我所致力的“现实主义”，是在大自然的形象中观察人的心灵。每个人都会有这种精神过程，因此人们理解我，正如理解克雷洛夫的寓言一样。

人通过大自然进行观察，这一过程的基础是，譬如说，在亲人墓前的感受；坟墓上的第一株小草，鲜花和与之相适应的哀歌（湖泊、树木、鸟儿、“小兔子——小银鼠”）。

底版

我细看了克留耶夫照片的底版，那是我在他屋里给他拍摄的。底版上可以看到一本打开的古老的书，书上有一只手；还可以看到下巴底下的大胡子，克留耶夫本人的面貌隐约可辨。

现在开始搞录音了。再过一百年，人们会看到我们，听到我们的声音。这一切都将由我们留给后人们，只是我们本人毕竟是不会存在了。

这么说来，我们为之耗尽毕生精力的一切：比方说，萨里亚平[①]唱歌、普里什文写作、乌兰诺娃跳舞，所有我们的这一切都会保存下来；而我们本人……不过，这个“本人”是什么呢？这就是我们不能告诉人们的一切。

理发馆

写完了短篇小说《蝴蝶》[②]，编辑部对我说，短篇小说挺不错，不过对那个富农老头子要抨击得再厉害一些，那个女的呢，要写得更有觉悟一些。修改，当然不费什么事，不过现在这已经形成一种习惯，硬要插上一手，会因此破坏创作的乐趣。

这大概就是我为什么不发表这一短篇小说的原因——让它作为储备，睡它一阵子吧，等两三个月以后，我再读一遍，自己来进行修改。

为文学作品梳头，已经成为一种坏习惯，每个编辑部都变得像个理发馆了。

昨天《星火》杂志上刊出了我的短篇小说《莫斯科河》，装饰相当精

---

① 萨里亚平（1873—1938），俄罗斯著名歌唱家。

② 这篇小说的另一标题是：《母亲——英雄》。（原注）

美，我对此甚至十分满意：只要和读者们的实际联系不致中断，这就是最重要的。

幸福是给大家的

一天和昨天一样开始了：这一天证明幸福是给大家的，并责备每一个有良心的人不会获取自己的幸福，责备他太胆怯。

题　材

大自然里到处都是这样，爱总是以歌开始，人就是在这里进入自然界的；不过坟是人和大自然以牢不可破的纽带牢牢联结在一起的地方。

生活在大地上的人总是把人汇集在大自然里。

美妙的瞬间

如果从某种观点来看生活，似乎一切都是那么奇妙，那么美，就连人与人之间也是那么好，以致都不想再去寻找更好的东西了。有人总在生活中寻找什么，不论见到什么都抓住它；他所要寻找的，就正是这个观点。

歌

昨天我们听到了鸟儿的歌声。往树上一看，那里停着一只鸲。这是一只能干的、总是在忙碌的小鸟。这会儿正停在树枝上一动不动，放声歌唱。

是啊！只要想想看——鸲在唱歌呢！

今天鸲落在那同一根树枝上，嘴里衔着一根小小的干树枝儿：昨天在歌唱，今天已经在做巢了。不过，因为昨天偷听到了它的歌声，我感到很幸福。

“这就是说，”我想，“就连最无情、最严峻的生活真理也包含着歌曲和童话。”这时多么希望，讲这个童话或唱这首歌曲的幸运能落到我的身上。

善和爱

当一个人说：“这有用”，那么他首先想到的是自己——对自己有利。需要对他进行许多教育，让他感到，某种事物首先是对大家、对社会，而不是对自己有益。

在这种社会教育的顶峰将形成这样的感情——即有益于自己身后的时期，也就是当有益这个问题对自己已完全消失的时候。

但每个人都了解，美是供大家欣赏的。如果有人说：“这很美!”那么他想到的是，对于大家，它是美的。

善和爱之间的关系也正是如此。最自私的人总是戴着善的面具。现在已经谁也不相信善意了，而且说，通往地狱的路上铺满善意。

很难用爱来作伪装的面具，因为钟情的人真诚地相信，全世界都存在于爱中。这是因为对爱的理解，其本身也像美一样，是社会性的。

那么，我们要想一想，我们该用什么方法在爱、友谊和美的境界里来教育孩子们。

新的中篇小说

《人参》和《太阳的宝库》之所以有力量，是因为它们都是一气呵成的。所以现在，当你感觉到掌握了所有素材的时候，应当毫不间断地写作。

幸 福

开始安度晚年，这对我真是好极了——用不着去追赶别人，而且也不值得去这样做：反正是追不上的。所以说好，还因为，再也没有任何人羡慕我这真正的幸福，因此也就不以任何方式来和我过不去了：谁会羡慕一个老头子呢？

而我却不愿和任何年轻人交换他的几个夜晚。

遭受损失的感觉

每个人都会有这种情况：和一个人生活在一起，经常瞅着他，却没有看到他。而当他一旦突然消失，这时你仿佛在自己内心深处看到了他，你的心也由于无可名状的忧郁而紧缩起来。

在大地上，在一切时代，这样的事情可太多了，以致有时一个人还没有蒙受致命的损失，但在自己生活的欢乐中会突然停下来，想一想：万一在我高兴的时候错过了什么，以后会觉得可惜呢，那么他就也会感到忧郁了。

习惯的力量

再没有一种旁的力量，像习惯的力量那样，会使我们无视人类成就的好处了。这正是旅行者们觉得愉快的原因：在旅途中，习惯会像冻坏的叶子那样脱落下去；于是，在春天到来之前，我们心灵的赤裸裸的树枝上又会形成新芽，以备日后之需。这嫩芽让我们心情愉快，似乎生命重又开始了。

这是旅行中的一点儿好处。另一点儿是，在向什么美妙的事物前进时，一切不好的东西就都留在自己身后了。

有毛病的树林

很久很久，这儿就有一些树，时间已经太久了；严寒冻裂了树干，蠹虫蛀坏了树皮，啄木鸟啄得它遍体都是伤痕。

我们人也是这样，在一个地方待得太久了，我们已经感觉不到自己的心灵，感觉不到生命的汁液，也像这些树木似的，感觉到的只是自己的木质。蠹虫已经蛀坏了它，啄木鸟已经啄得它遍体鳞伤，而我们仍然在维护它，却想象着是在维护生命。

我们的客人

不能把生活的欢乐永远留在自己身边：欢乐时来时往，犹如一位客人。不过在好人那里，这位奇妙的客人走后，会留下感激之情，正是由于它，正是靠着它，生活才得以继续。

不过也有一些忘恩负义的人，他们毕竟也在活着，而且在延续下去

多么美好的一天在暴风雨中来临。日落时，穿过树林，太阳露出红艳艳的眼睛，多么令人赏心悦目！我满怀感激之情，我不知道，我感到惶惑，我感到痛苦，以后我怎么还能和忘恩负义的人在一起生活呢？

以防万一

前进，当然啦，前进；不过在生活中我们每个人总会遗失什么东西，而不得不返回去找寻。

所以，努力前进的时候，为防万一，我们将记住已经走过的路。

见　解

在我们通常的艺术领域里有一种盲目性，这和通常肉体上的爱情的盲目性是相类似的。艺术家们欣喜若狂，在往什么地方闯；他们自己也不知道会闯到哪里去。

然而，把自己撞个粉碎，这并不高明。恰恰相反，坚定地站在自己的立场上，并为自己能够站得稳而感到惊讶，这才叫做高明。

出　路

昨天一口气完成了新的“一滴水”[①]一，丝毫也没有想到要发表它。应当坚持这个原则：为自己写作，如果有什么合适的东西，那么就发表出来。

如果需要这把钥匙的话

落叶纷飞、稀稀落落的菩提树后面，天空呈一片金黄色；在这金黄色的背景上，黑压压的树林仿佛是一些不规则的雉堞。这是从遥远的时代就激动人心的秘密：预感到人类有一个界限（我记得，二十九岁的时候我就这样写过，甚至是用的同样的词句）。

深入体验大自然，这就是我的文学作品的钥匙，如果有谁需要这把钥匙的话。

---

① 指《大地的眼睛》。（原注）

没有朋友

有一种欢乐，不需要任何旁的人，自个儿就感到完全浸沉在欢乐之中。还有一种欢乐，却希望一定要和别人分享；如果没有朋友，不知怎的，这欢乐就不称其为欢乐，甚至会化为忧愁。

傻瓜伊万

我开始更清楚地看到，我就像是俄罗斯民间故事中的那个傻瓜伊万，并为自己的幸福感到惊讶，而且懂得，为什么那些真正的幸运儿和滑头的人总是跟我合不来。

让自己总是很好，总是占便宜，我根本没有这样的智慧，根本没有这样的算盘。然而如果我还是活着，而且生活得不太坏，这就是说，在人民中，这样的傻瓜还是有一个位置的。

生命的价值

女性懂得，爱要以整个生命作为代价，因此她感到畏惧，她在逃避。用不着去追逐她——那么你还是别娶她吧：新的女性是知道自己的身价的。

如果要娶她的话，那么请你证明：为了你，值得献出自己的一生。

沉默之金

再来谈谈在这一意义上的沉默：讲话是为了自己，而沉默是出于对别人的关心。要求沉默——意味着要求关心别人。

谈话显示自己优越，而关心则产生友人。这就是谈话是银而沉默是金的原因。

黎明之前

森林里最黑暗的时候并不是午夜，而是在破晓之前。

“多么暗哪！”有人会说。

另一个人抬起头来，回答说：

“暗吗？这就是说，不久就要天亮了。”

诞　生

当然，我们的时代既是某种事物的起点，又是终结。希望走上起点，却不愿体验终结：让它在我不在场的时候结束吧，我却要走上起点。

不仅如此！我仿佛觉得我正在诞生。要把这一点讲给人听是不可能的，因此我才想在老年时像婴儿那样大哭和抱怨。

在霞光中

霞光在空中燃烧；你自己，当然，也在霞光中燃烧。千百种声音在霞光中汇合在一起，为的是赞美生活，燃烧，燃尽。但有一个轻微的声音，或者不如说是悄声耳语，不大同意和大家一起燃烧。

我的朋友，你不要去听这恶毒的悄声耳语，为生活而高兴吧，为了生活而表示你的谢意吧，也像我这样，和所有的霞光一起燃烧吧！

Ⅱ 沉思

1946 年

在语言艺术领域里，所有的人互相都是学生，不过每个人走的都是他自己的道路。

真理的卫士

艺术的天才——这和人们的一切才能，甚至是和人们的一切力量一样，会激发彼此间个性增长的斗争。每一个真正的艺术家并不惧怕这种增长，如果它正确的话；而且会暗自想："好吧，既然艺术家都这样增长，那我也增长吧。"

但不正确的增长却会压制并毁灭艺术。

因此有一些专门的人，批评家，作为真正的卫士，在监督这种增长。

大自然和别墅

在文学里，风景通常是扮演辅助角色：就连屠格涅夫作品中的风景也并不是完全独立自主的大自然，这就有点儿像人的心灵的别墅。

献给编辑们

任何人都能吩咐用一把梳子来剪羊毛。一个好的主人能在每一头小羊羔身上看到它自己独有的东西；似乎他爱所有的小羊，但对每一头，他爱得都更深。

一 直

一只黑色的蜣螂以极快的速度一直向前飞去。飞行中突然撞到了铁丝网上。它挂到铁丝上了，用它所有的爪子发出求救的信号。我把它取了下来，放开它，说：

“傻瓜，你别一直飞呀。”

矛 盾

真诚是短暂的、转瞬即逝的一刹那间的感情。在这一瞬间，根据这一瞬间的感情，一个诚实的人会做出一系列对下一瞬间将是虚伪的举动，结果是：诚实的人在说谎。

马雅可夫斯基的真理

深入地阅读马雅可夫斯基的作品，我认为，他的诗中主要的东西并不是诗意。主要的东西就是我每天都在写的：把日子钉在纸上。后辈或许要骂人，但事情已经完成一下子被钉起来了。

而这被钉住的东西就是真理，原来马雅可夫斯基是为真理服务的。

典型和个性

“典型”是批评家学自然科学中分类学家的样儿，引进文学里来的。然而在作家本人那里并没有任何典型，甚至恰恰相反：作家笔下所产生的是独一无二的，而批评家——评论家却把它变作典型。但应该如此：诗人创造理想和榜样，评论家则使之具体化，使之变为典型。

不应当去寻找典型：典型是没有的，也不需要它们。每一个人都应在他的生活斗争中找一个对手，并且做到：这一个能通过另一个被人理解。

例如画家并不是表现颜色本身，而是表现它们的关系。因此我们写人，也不应把他们写成典型，而要在他们的相互关系中来表现他们。

对于作者来说，没有典型，而只有个人，读者应该从这些个人中造成典型。例如堂·吉诃德，在塞万提斯笔下一开始也是一个具体的个人。

就是这样，在自然界中只有个体，而人则对它们进行分类。

放在心上

要写一个真正的剧本，就要像我对待大自然那样，十分关切地对待人，把他们放在心上。

对 话

H. —— 这甚至不是一个自然主义者，而只不过是一个囿于动物范围之内的传记主义者。这种处于蒙昧状态的作家，对于对话的意义理解得特别差。他们天真地把它理解为谈话。

然而对话的作用是用来在小说里显示个性的本质的：这样一个人就只能像这样说话。

由此，对话中的用词也大多是特别富有表现力的、有个性的语言。同时也在可能范围之内加入语气和音调的成分。对话还不是诗，但与诗十分相近。

马雅可夫斯基只不过是抹掉了对话和诗的界线。正是因此，自然主义者和传记主义者们应当畏惧对话，因为他们是用词句的骨头架子来从事写作的，他们的词句中已经没有灵魂了。

用自己的尺度

用自己的尺度难道能衡量他人吗？不过也不能用别人的尺度来衡量自己：在自己身上应用别人的标准，不管怎样量来量去，不知怎的仍然是无论如何总量不准。

个性和特性

在古代，我们现在叫做“特性”的，当时称之为“凡人”；我们现在叫做人的“个性”的东西，当时称之为“上帝”。

但应当记住，在大多数群众中，甚至在研究哲学的人们之中，特性和个性完全是一回事。

为自己和为大家

有些人说，要为自己而生活。另一些人教导说，要为亲人而生活。我却认为，每个人都应该找到一个这样的着力点，以便为自己而生活，自然而然成为为了近亲和远亲，为了大家而生活。

是的，大概大多数人就都是以个人的满足为借口，为了大家而生活。在两性关系上这一点特别意味深长；显而易见，最初这关系是自私的，以致弄到要和竞争对手战斗；后来却渐渐变成为了家庭、为了社会、为了国家的生活。

小　溪

海洋是伟大的，然而在森林里或沙漠的绿洲里，小溪却在完成同样伟大的事业。小溪在沙地奔流，在大河面前毫不畏缩，一刻也不停顿，以平等的身份，像兄弟那样，愉快地汇合到一起，因为虽然现在它还是一条小溪，可是眼看着它自己也要成为海洋了。

真正的自由

如果挤压空气，它就会凝固；我们都知道一种物质——凝固空气。那么，如果迫使人计算自己的时间，并珍惜每一分钟空闲[1]时间，在这空闲的一分钟里，他将会提供一种全新的，世界上从未有过的东西。

就空气而言，是硬度；就人来说，是自由。在压力之下空气凝固；而人懂得了限制的必要性，就会成为自由的人。

注意力

正像物质和能量最终归结于一个唯一的泉源——生命一样，各种才能也都归结于一个唯一的泉源——创作的注意力。

---

① 在俄语中，“空闲的”和“自由的”是同一个词。

注意力一个特别奇妙的特性，是它服从意志，能够对它进行控制，能够利用它为善，正如也可以利用它作恶一样。

俄罗斯学派

艺术中的现实主义，换言之，就是通向真理的道路：在通往真理的道路上的艺术。

现实主义，最确切的说法，这就是俄罗斯学派，它和我们的道德历史在向真理运动中的总目的是完全一致的。也许，由于向真理运动的总趋向，就连谎言也特别伟大。无怪乎有人谈论果戈理时，说他的所有人物似乎都是虚构的，却硬要让我们相信，他们是真实的。

但在俄罗斯艺术向现实真理而运动的这一过程中，也有一些情况是真实的；这就如同神的决定：“我们要创造人！”于是人就被创造出来了。

艺 术

艺术，就其本质来说就是运动，始于对更好的事物的愿望：向往比现有的东西更好的……

语言——面貌

有时你花很长时间在向一个普通人解释什么，突然他的脸变得容光焕发。原来，似乎这一切他早就知道了，只是认为这对他是用不着的事，于是就把它忘记了。

语言——这就是普通人的面貌；而且正如树上的每一片叶子都有它自己的神情一样，每个人也都有他自己的、仅仅属于他一个人的语言。

即使这隐藏在心中的自己的语言没能向任何人说出来，但他反正还是靠这语言来生活的；它构成他表达的方式。

读《猎人日记》

时代感大概是在信念通往事业的道路上，从信念中诞生的：这是信念和事业的产儿。

没有事业的信念是僵死的。那么爱呢？爱的事业就是孩子。不过如果不是孩子呢？如果不是孩子，那么就是一切：世界上的一切事业都应该是爱的事业。例如屠格涅夫的作品就是他的爱的事业。

祖 国

我有我的东西，你有你的，他有……——这一切合在一起就是祖国。感觉到这些“自己的”合在一起，我们是在战斗中学会的。

火 灾

以前我们为房子保火险，现在全人类的整个地球都面临着毁于火灾的威胁。于是我们所有的人，团结一致的整个人类，都在寻找能为整个地球保火险的机关。

心灵的扩大

青年时代，我们的生命力异常丰富，很乐意把自己的这一财富借给大家。但当将近暮年，前去讨债时，谁也不肯归还。而这是让人感到十分委屈的。这就是那么难得遇到善良人的原因：在老年时，这种受委屈的感觉让人看不到善。

如果努力设法，善于避开自己的委屈，那么不管什么人，就全是善良的了！

恶事——只要悄悄地提示一下——任何人都会做。行善的人却是罕见的。做恶比行善容易得多。可我们还是在生活着，而且打算在将来过得更好，因为我们怀着这样的希望：善良会战胜邪恶。

我们为朋友献出自己的心灵，这样来战胜个人的死亡：死亡的使命就在于此。

1947 年

根据我的经验，对故土的感情就是创作的基础。

诗

自然力，好比是水；推理，好比是岸；它们在诗（语言艺术）中进行斗争，只有水冲毁了岸，才会有胜利。

对艺术家来说，这是一个多么奇妙的问题：您在自己的一生中看到过美吗？看到过几次，是在什么情况下看到的？

“支配力”

派人到工厂里去硫化内胎。万尼亚[①]整整忙了一天：在办公室里弄到了文件，花了八个卢布才把事情办妥。

“从前п.在硫化科里，”我说，“她不要任何文件，半个钟头就能给我把事情办完。”

“她有支配力，”万尼亚回答。

---

① 普里什文的汽车司机。

原来п.的丈夫是K——所有汽车厂的首长；通过她的丈夫，п.在厂里有很大的“支配力”。

别人的足迹

在我们每个人为自己辩护的地方，会留下一些属于他个人的东西，就像在沙地上留下来的足迹。

这是好呢，还是不好呢？这并不坏，而且是需要的，如果这一足迹的所有者的脚是踏在一块无人走过的土地上的话。但只要这块土地上一有别人走过，就要瞧一瞧，以免自己的脚踩上别人的脚印。

这就是荒无人烟的大自然，人类足迹从未到过的土地诱惑我们大家的原因。

这就是有时候我们会完全抛开土地的原因——我们感到太拥挤了，我们开始走上艺术的途径，到那里去寻找从未有任何人走过的道路。

共同的天赋

诗才和爱有着同样的命运：共同的天赋。有些人的爱会导致婚姻，生出一些极好的孩子；而同样的爱，又是放荡行为。

诗则导致个人和社会的婚姻，或者也会导致放荡行为。

第一个嫩芽

种一棵小树，任何时候都不能算晚。纵然自己尝不到果实，可是随着种下的植物绽出第一个嫩芽，生活的欢乐也就开始了。

童 贞

当着别人的面就连接吻也会觉得害羞，生了小孩以后，就已经可以让人看了。

在创作中也有同样的规则——让人看的只能是已经完成的作品。

生活的语言

如果有水，而水中无鱼——我就不相信这是水。即使空气里有氧，可是燕子不在其中飞翔——我就不相信这是空气。森林里没有野兽，而只有人——那就不是森林。生活里没有包含在生活里的语言——那么这只不过是拍电影的材料而已。

右 边

当你在人行道上靠右边行走的时候，如果瞅着迎面而来的人，你顾及他，他也想迁就你，那么必然是互相让路，结果撞个满怀。

正是如此，不劝你考虑迎面走来的人的需要，而劝你永远靠右边走。

艺 术

大家都知道青蛙，知道它在温暖的水里觉得舒适的时候，怎样咯咯地大叫。但很少有人知道它落到狗的嘴里时，怎样吱吱地尖声叫唤。我生平第一次听到了这种声音，赶快回头一看，把这只不幸的青蛙解救了出来。它跳进小溪，春水很快带走了它。

青蛙消失了，但那惊慌的叫声仍然留在我的心中。大概，大自然中的一切都是这样逐渐消失，而在人的心灵里留下一些自己的痕迹。这来自自然界的一切，在人的心灵里汇集起来，寻找出路，于是就形成创造的一个新的大自然的才能。

也许，大地上所以会有人类，就正是为了把目前这个荒野的大自然——这注定要受野兽的生存竞争规律支配的大自然，在规律和仁慈相结合的基础上，改造为人类的大自然吧。

也许，人类对某一奇妙的自然界满怀忧伤的怀念，就是他的苦难历程的开端吧：他要亲手恢复一个新的、仁慈而又美丽的大自然？也许，这一恢复工作的艰苦历程和进入虚幻世界的欢乐，我们就把它称为艺术吧？

晚霞

晚霞似火，太阳已经仅仅照着树梢，下面很快暗下来了。业已准备就绪、但面色仍然苍白的一轮满月正打算来接太阳的班。

瞧，阳光在一棵最高的树上、最高的一根树枝上面熄灭了。画家放下了画笔。

“只差一点儿没有画完，”他说。

“现在您怎么办呢?”我们问。

“没关系，”他回答，“只好等到一个有阳光的晚上了：只需要一瞬间的工夫。”

“可是在自然界，这样的瞬间是不会再现的：它来去匆匆，转瞬间就消失了。”

“当然不会再现啦，不过会有类似的景象；我回忆一下那无法再现的瞬间，就可以把握住它了。”

"难道这是可能的吗?"

"怎么不可能呢！如果记不住无法再现的瞬间，那人凭什么还算作人呢?"

第一眼

有消费者的唯物主义：人要为自己的幸福而消费物质。还有一种唯物主义，那是当人的精神似乎畏惧它自己的自由时，于是就抓住物质，好比一个快要淹死的人抓住一根稻草。

于是在这种渴望能坚持住的心理状态中，一切为精神所掌握的物质都变成了这样的：仿佛你自己刚刚诞生，是头一次才看到它们。

果戈理就正是用这样的第一眼来观察事物，于是创造了好像能穿透坚硬物体的X光一样的自己的现实主义。

修养和天赋

缺乏修养，天赋也可以对付过去。萨里亚平诞生了——天生是一个有那样一副好嗓子的演员；他为了自己崇高的目的利用修养，就像利用汽车一样。

就天赋而言，情况有时是这样的。然而没有天赋，修养很快就会涸竭。在这个意义上，天赋胜过科学。

帷幔

在我们老年人和青年人之间隔着一道往事之幕，就像屋里面有时挂着一道薄薄的纱幔。

从我们这儿由里往外看得见他们，而从他们那儿往屋里看我们，却什么也看不见。

泰戈尔和萨里亚平

泰戈尔是印度古代文化的产儿，萨里亚平是俄罗斯大自然的产儿。

萨里亚平好似瀑布，泰戈尔却宛如被太阳遗忘在一棵高高的大树梢头的一抹夕照。

气魄宏伟的主人

气魄宏伟的主人如果看到别人的事业杂乱无章，也会进行干涉，因为他有足够的精神去过问旁人的事情。渺小的主人却只考虑自己，他没有足够的精神去过问旁人的事。

我们的文学艺术、绘画、建筑、雕塑以及其他一切等等，乃平凡浅薄的生活中的灯塔，宏大的、统一的精神之光。

创　作

作曲家听到什么声音，把它们秩序井然地排列在纸上，标上音符，怀着内心的战栗转交给演奏者。于是我们心情激动地聆听这一乐曲，在自己的心灵里认识自己的朋友——那位作曲家。于是，写成一本本书，画出一幅幅图画，建成一座座宫殿，出现一尊尊天神般的雕像。

这一切都是这样开始的：一颗孤独的心在寻求作为一个整体的友人，它充满希望，就像母亲的乳房里充满了奶汁，于是就有……①

① 日记在此中断了。(原著)

从未有过的

人是使事物具有文明形式的工匠。在这些工匠们的梯子上，最下一级上站着的是这样一些人：他们不提供任何自己的东西，而只是原封不动地归还他们所得到的才能。站在最上面几级的，是这样一些人：他们把自己的整个心灵都投入创造中去，创造从未有过的东西。

我们不能说，在融为一体的水里，它的分子是不是都是一模一样的，或许说不定它们也互不相同吧。

我们以雨滴这样复杂的形式为例，那么就会看到，它们构成水的实质，简单地融合在一起；而人们，正如我们所注意到的，在生活环境的压力下，并不是融合在一起；而是恰恰相反，每一个人都怀有和大家一样的共同目标，开始为自己的优先地位而斗争。

我们无条件地认为人类是大自然的“君主”，也许这只是因为，为了进行观察，人类离我们较近，也比较容易了解，因为我们可以根据自己了解人类，而在“自己身上”，我们是不能了解大自然的。利用大自然的财富，使之有益于自己，但还不知道，这是我们在控制大自然呢，还是恰恰相反，是大自然迫使我们服从它的规律。

抒情诗

我曾经想过，到底是什么决定艺术作品能否经受时间的考验，长期完整地保存下来呢？

第一，是对童年抱什么态度，如高尔基最能经受时间考验的作品是

《童年》，托尔斯泰的泉源是《童年、少年和青年》；第二，是对乡土的感情，对母亲的崇拜；第三，是个性，也就是你自己独创的、自己的语言，就像大卫王的语言那样。

抒情诗不就是作品中决定其持久性和价值的黄金吗？史诗并非别的，而正是潜在的抒情诗。

精神食粮

人在粮食作物上花费了多少劳动，而粮食毕竟是自己生长的；整个自然界，就其本质来讲，同样是非人力所能造成的。

就在粮食近旁产生了诗。粮食用来做成面包，而这某种力量却为精神提供营养。

泉 源

科学和艺术（诗）来自同一泉源，只是后来才分道扬镳，流向不同的方向，或者说，去担任不同的职务。科学养育人们，诗则为人作媒。

我觉得自己是一粒从树上掉下来的种子，落到了科学和艺术尚未分为两支的洪流里。科学变成厨娘，诗却成为全人类的媒人。

人们讥笑反复出现的事物，却又惧怕一切初次遇到的东西；而最怕的是看一看自己，因为我们每个人身上都带有从未有过的东西。

正义感

要成为真正的艺术家，需要克服自己身上对更好的事物所怀有的恶意的嫉妒心，并代之以对完美事物的崇敬。

我为什么要嫉妒更好的东西呢，既然更好的东西是我道路上的灯塔，既然我在某种程度上，即使只是在微不足道的程度上也参与了一份：我赞美它，正是用这种方式，我也就参与到它里面去了。

也许有一点我是错误的，并正在扩散自己的错误。我从诗人的人生观出发，不知不觉形成这样一个观点，认为每个人在某种程度上一定是一位“心灵中的诗人”，而且在这个意义上个人一定会有某种感受，以便和别人互相沟通，并进入社会。

然而可能有一条更短的进入社会的捷径：通过普通的正义感和维护正义的能力。

而一个人多半可以同时既是“心灵中的诗人”，又是一个有正义感的人。

在桥上

不太久之前，我曾有一种从诗的领域转到生活中去的特殊感觉；似乎我很久很久沿着河岸走，我这边的河岸上是诗，对岸上是生活。于是我走到一座小桥旁边，不知不觉到了对岸。在那里发现，生活的本质也就是诗，或者更确切地说，当然啦，诗是诗，生活是生活；不过人可以把诗凝缩到生活中去，也就是说，诗和生活的本质实为一个，就像自由空气、压缩空气或凝固空气的本质一样。

由此想起了果戈理的《肖像》：画家凝缩了邪恶，于是邪恶就有了生命。不过，画家不是也可以凝缩善吗？果戈理也曾尝试这样做，但没能成功。

而我却正在某种程度上，也许是在微不足道的程度上这样做；这包含在我的创作里，存在于俄罗斯人的天性之中，存在于他对生活的感受里，即“善制服恶”。

荣 誉

获得荣誉好似到达生命的终点。不过在坟墓里，死者只不过是躺着而已；而人们躺在荣誉上也不得安宁的原因，是享有荣誉的死者始终怀有一个不安的想法：万一荣誉消失，那可怎么得了？

黑山岩

夜里我还觉得，那些爱权如命的人就像某种显然和我们格格不入的东西，似乎是一些连青苔都不会生长的黑山岩。

几千年以后，也许水会从它们那儿冲下一些沙土，冲到肥沃的田野里去。然而现在它们矗立在那儿，浸在水里，它们和水毫无关系，水也和它们毫无关系。

树叶飘零

秋天橡树叶子飘落，叶子落下的地方，土壤就变得肥沃起来。从春到秋，这就是叶子的一生；而我们，人们，不也是整个人类这棵树上的叶子吗？每年秋天飘落下来，而且知道，春天将重新获得生命。

我们和树叶不同的只是：我们知道这一点，而且仿佛能够长生不死似的生活着；我们一点儿也不愿考虑，我们也像叶子一样，到一定的时候也会飘零的。而我们还是会飘落下去，为埋葬我们的土壤施肥。

生活中最奇怪的是，不仅人，而且所有注定只有一段短暂的、有时甚至短到只有一瞬间生命的一切动物、植物，它们活着，都不去考虑这一点，而是像永生的天神那样生活，这是一个毫无疑问的事实，再往下意见就发生分歧了。

有些人认为生活好似一场骗局。另一些人却认为，生活犹如亲身体验的永生的证据。

时间的力量

当我们在生活中必须着手解决一个困难问题的时候，有些人（多数）是求助于书本，或寻求忠告。而有些人却是这么办的：不去解决困难问题，而是耐心地等到它获得解决。

从前做什么事情，心里总是想着，结果一定要照我所想的那样。如果结果不是那样——这简直就和我自己完蛋了一样。在“那样”和“不是那样”之间没有任何空隙，因此很难控制自己，正如汽车上的方向盘过紧，很难驾驶汽车一样。

现在，每当我有什么事情做不好的时候，我就把工作搁到一边；完全相信，过一些时候，等人家来索取时，我就可以从容不迫地把它做完。

渐渐地幸福时刻到了，这时你看着自己，如同在看着大自然；而且明白，你的思想正在你自己身上生长，犹如一切在大自然中那样：从黑暗的种子里钻出来，向着阳光生长。

宝贵的书

关于书的情况，真是怪事：出版得越多，读者越难弄得到。可能这和革命初期信件的情况是一样的。当宣布公民通信一律免费，邮票被消灭了：于是信件也寄不到了，因为邮递员把它们当作免费的东西，都胡乱堆到木架子底下去了。

书籍也正在经历类似的情况。书和信一样，应该给予很好的报酬。读者花钱，就是在占有书籍的路上作出个人的一份努力：为了读书，让读者也付出自己的劳动吧；他也要像作者那样，像朝圣者在去他的麦加的路上那样劳动，哪怕是多多少少付出自己的一份劳动也好。

对于那些准备为了文艺书籍作出牺牲的人，它应该是能够买得起的。

幽默

生活中没有哲学还可以对付过去，然而没有幽默，则只有愚蠢的人才能生存。

堂·吉诃德的悲剧

有些思想、感情是还没有被表达过的。有一些也未被表达过，但埋藏在没落时代的废墟下，不合乎时代精神。但也有一些思想感情已经被人表达过、体验过了，不过又从新时代的幼芽下面，从被埋葬的时代的废墟下钻了出来，又在发芽了。有这么一些人，就受过那些钻出来的思想感情的影响。

这些人盲目行动，落入荒谬的境地，按照各自不同的方式来解决堂·吉诃德的悲剧。我是在文艺创作的道路上来解决这一悲剧的。

绿 叶

树上的叶子都各不相同，没有一片叶子和另一片叶子完全一模一样，分毫不爽；它们都在工作。但我们难得去注意叶绿素在阳光作用下的紧张工作，而只是观赏和尽情欣赏树的美。

但时候一到，叶子发黄了，脱落了，变黑了，失去原来的形状，变成一大堆肥料，于是我们谈论的就不是美，而仅仅是肥料的益处了。

人的思想也是这样，必然是在单独的个人头脑里产生的；它们生存着，令人钦佩，后来也像肥料那样溶解在人类之中。它们力求让我们的创作直接为未来提供粪肥；我们却为了活着，为了像树上的绿叶在阳光中工作那样，竭尽全力为自己的生活而斗争。

时代的声音

在环绕着每一个人的看不见的环境里，有一种时代的声音，谁能听到它，就好似插上双翅，能够任意飞翔。

但这还不是人所需要的一切。人需要听到时代的声音，可是在自己的小路上行走。

大家和每人

有供大家读的书，也有供每个人阅读的书。供大家读的书是读本，文选；供每个人阅读的书——是一面镜子。照着镜子，他会认识自己，在真实情况中认识自己。

供大家读的书教导我们应如何捍卫真理。供每个人阅读的书则照耀着我们个人走向真实的运动。

真理要求坚强：真理需要捍卫，或为了它被钉在十字架上；而人是在向着真实移动。

真理应当坚持——真实应当找寻。

风俗习惯是以下两者的相互关系：对于大家来说必须如此的，我们称之为真理，和我们之中每一个人在寻找真实时所达到的。这是一个分数：分子是真理，分母是真实。

一切风俗习惯本身都包括有时间概念：当代的风俗习惯。

我们的思想，我们的国家是靠个人的精力维持的，精力包含在我们每一个人身上，如同储备，如同每个人隐藏在内心里的财富。我小小的委屈乃打开许多人委屈感之门的钥匙，我的眼泪落在负载着我们未来之舟的泪海里。

从未有过的

在你开始思考什么的时候，永远应该记住，在你之前，这个问题已经有许多最聪明的人考虑过了。

自从有了人，人类的思想不断汇集起来，一代一代地传下去，它们已构成一笔巨大的文化遗产。

不过在这些别人思想的财富中，怎样才能找到自己的思想，并认出这一思想是谁也不曾有过的新思想呢？为此，需要把自己本身看作一个还从未有过的人，当你明白了这一点的时候，就能在别人的思想中认出你自己的、从未有过的思想来了。

每个人的责任是做一个现代的人，他的需要就是在其中确定的。

不是现代的人，这就意味着是落后的人，而狂热病患者——这就是力图跑到前面去的人。

哲人——这就是比别人更清楚地感觉到自己对于现代的责任的人，就是最现代的人。

1948 年

诗——这就是思想的预感。

普通人

普通人就是这样的人，他不认为自己是一个特殊的人，一个应当受到注意的人，或者是一个空前未有的人；这是在这样的意义上来说的：要知道，世上的每一个人都是带着他自己的、世界上还从未有过的某种东西来到人世间的。普通人从来都不考虑这个问题。如果他的头脑里出现了什么这样的想法，或者即使他曾尝试在自己这种从未有过的东西上一显身手，可是没能成功，他也并不觉得难过，而是对此挥一挥手，自己对自己说："我们哪里行呢！"

这样的人也是白白地活着：他曾尝试走自己的道路，但离开了它，走到大家都在走的路上去了，却嫉妒地睥睨那些走上自己道路的人。

水和岸

人的思想好比冲刷原生山岩的水：如果没有水，山岩就将一片荒芜；如果没有山岩，水也就无事可做了；只有水和山岩的相互作用，才能冲积出肥沃的土壤。

情　节

开始阅读卡达耶夫的《雾海孤帆》，起初我很高兴，因为它像契诃夫的《草原》；但当情节变得明显了，魅力就消失了。《草原》迷人的地方，就在于它没有机械手法似的情节；在这个意义上来说，它是没有情节的：如果情节不真实，那就最好没有情节。

也许全部创作的魔法就在于：把不朽的灵魂吹入情节的黏土里去，如果创作者手边没有黏土，灵魂可以吹进任何地方。吹进纸浆板里，要么，像契诃夫那样，吹进某个草原里去。

诗人和驴子

勃洛克的夜莺的长诗：驴子把诗人送到夜莺的花园里，在那里，他却想念起自己的驴子来。这篇长诗的意思是：每个诗人都想摆脱驴子，而当他一旦登仙，又想怀念自己的驴子。诗人的一生和动物画家一样：希望离开驴子，但驴子在为他运送食品。

不仅是在诗里，而且是处处：在散文里，一切日常生活里，无不含有诗意。如果破坏这两种力量的结合，那么勃洛克的作品就会分裂为诗人和驴子，塞万提斯的作品就会分裂为堂·吉诃德和桑丘了。

思想的精华

风徐徐吹动树叶，经常改变它们对于光源的位置。叶子在动，并不是由于它自己，而只是因为风的关系，它本身一无所有，它自己的一切都献给了工作，正如后来才知道的，献给了呼吸。而呼吸通过自然界最高级的生物，也就是人，和其他器官一起，被指定用来产生思想。

当浮士德用他那仍然十分明亮的眼睛仔细观察生活结构的时候，他看到了工作，于是得出结论，认为工作先于一切。

但当浮士德失明以后，一切工作都从他眼前消失了，于是他的全部注意力都转到了听觉上，他听到了树叶的低声絮语和诞生于声音之中的语言。

于是他忘记了一切工作。既然他已失明，哪里还谈得到什么工作呢？然而此时向听觉打开了一个多么奇妙的世界呀！

艺术的起源

大自然总是参加到青年人的爱情里去，如果爱的对象消失，它却会永远留在大自然里，犹如留在镜子里：你看着这个大自然，就会像屠格涅夫那样，把它看作纯洁的少女，看作完全纯朴无瑕的孩子；把农村中的庄稼汉看作莎士比亚作品里的哲人，把社会看作在向理想运动的整个人类。

如果没有这种“理想主义”，那就谁也不会生孩子了，因为就物质方面来讲，在氏族制度和部落制度范围之外，这是不合算的。

仙鹤和跳蚤

在我们苏维埃时代里，时常会碰到一些年轻的皮却林[1]！在我们乘坐飞机飞行的时候，乞乞科夫[2]仍然和我们在一起；他坐着自己的小车，

① 皮却林：莱蒙托夫的《当代英雄》中的主人公。

② 乞乞科夫：果戈理的《死魂灵》中的人物。

却不会落在后面。这是怎么一回事呢？

显然，他就在我们自己身上，也在和我们一道飞行；就像大鸟身上的小虫，也在从一个国家飞往另一个国家一样。

我知道，司机万尼亚在战争中会为了我而献出自己的生命——对他来说，这算不了什么。而同时，在日常生活中，他又会毫不在乎地欺骗我。（悄悄地乘坐我的汽车，把汽车弄坏）

就这样，在他身上似乎有两个人：一个伟大，一个渺小。在他身上，他们是怎样生活的呢——在斗争之中吗？不！他们是十分和睦的；只是有时伟大的人会感到不好意思，像被跳蚤咬了一口那样，在身上抓一抓。

就这样，仙鹤飞往非洲，它身上的跳蚤也在向非洲飞去。

欢乐和悲伤

大家都知道，悲伤是应当忘记的；然而很少有人懂得，对一切成就、幸福，应当迎接它，接受它，把取得的成就堆放到自己的仓库里，然后尽可能快一点儿把它忘却。

欢乐也好，悲伤也好，都应当忘记；应当记住的，只有在其自身永恒的运动之中的思想。

相　逢

乡村教师：精力充沛的苍老的脸，脸上布满了生活中战斗的伤痕，这一切都集中到眼睛那里，以显示人的思想——那意思是说，通红的小脸蛋儿，小酒窝儿，以及一切美丽的东西，都会成为过去，但思想永远停留在眼睛里。

一切都很好，但当这位斯摩棱斯克的教师开始抱怨人民的时候——才发现他是一个平平常常的乡村教师。

好的教师永远不说自己人的坏话；即使他心里这么想，也永远不会在初次见面时就坦白地说出来。

文艺界的人物

文艺界的人物是多么喜欢吹毛求疵啊。只是我担心，这种怀疑论的外表好似青苔，掩盖着土墩，而土墩上面却一无所有。

检验信念

生活本身似乎是在无益地运转，而可以向生活张望的那个小窗子，就是个人（作者或普希金）？

还是生活在毫无意义地过去，而个人却赋予它秩序和意义呢？

我个人是按第一种定义生活的；不过现在我想，应该检验一下自己的这个信念，好让它能够在意识中巩固下来。

人的成长

人在生长，当然啦，像大自然中的一切一样，是骨骼和躯体在生长；而同时，仿佛越出生命生长的范围，经常自己在问自己："喂，我这是怎么了？"

当理解了所发生的事情的意义之后，就在自己生命的生长上再添上思想的增长：思想在成长。但这种成长还不完全是人类的成长——小狗崽也在生长，同时它那狗的意识也在扩充，成长。

人，其实是在自然界中生命停止生长的时候才开始的：这时开始了精神上的成长，纯粹属于人类的精神上的成长；而对于可尊敬的人，这种成长将继续到生命的最后一息。在他身后，人们又在这个人的精神上继续成长。

创作和生育

一位有一大堆孩子的妇女写信给我，说在妇女节里，她这个生儿育女的妇女没有地位，举行庆祝的是那些自由自在的妇女们。我想写信给她说，我也是个从事生产的作家，而对我的赞扬，远不如对那些“自由”的作家多。

这多半到处都是如此——只有“创作者们”才会出名，然而那是暂时的；生育者们应该以此自慰——在他们身后是会有什么东西留下来的。应当了解和接受这一点；而且，不仅不应羡慕那些“创作者”，甚至不应觉得不好意思，因为我们的事业要严肃得多。

总结

“总之……”——于是作出结论。不，请小心一点儿，等一等再作结论。请您记住，作出结论之后，您就结束了某种东西；而对于我们对什么事物的注意，对什么事情的期待，对于我们的信念、希望、爱情，结论就是死亡。在通往不朽之路的实际创作生活里，没有任何“总之”，就连死人也有面貌，于是死人就复活了。

高山上什么也不生长，但从那里可以眺望远方。

现在我们已很好地学会了（谢谢教师们）不要根据局部情况作出关于全局的结论。遇到什么讨厌的东西，我们就避开它，犹如躲开一堆大粪，让时间去把它变作有益的肥料，并且说：“这是需要忍受的！”

补充上去的圆形

如果看每一个人的时候，就像我们看森林中的植物，我们的思想并不是停止在它们身上，而仅仅是从它们那儿开始，认为每一棵树，每一丛灌木和每一朵小花，只不过是整个森林的眼睛，而森林本身就正是用这棵树、这丛灌木或这朵小花来观看我们——那么，这个人就是可爱的，甚至不能不爱。

人们纷纷涌到伟大的社会活动家那里，提出自己的要求；大概这些社会活动家心里就经常想着这样的人，并在他身上来确定每个人的需要。

我要说，我们大家看我们身边的人，都如同看一弯月牙儿，不过给它补充成了圆形：这补充上去的圆形就是对于我们的事业所必需的全人类的轮廓。

关于大自然的书

事实本身好比用来砌成合理的结构的砖头。大多数关于大自然的书都是这样写的。小学生们把这一切都背得滚瓜烂熟，绝不流露出自己对事实的态度。上课的时候，他们只是背熟和回答。如果忘记了什么，或者记错了，那么就是“胡扯”。老师轻蔑地把这些学生叫做“幻想家”：事实从他们脚底下溜走了，于是他们就代之以臆测。

基洛夫地下铁道

写的是“入口”，人们却从那儿走出来；写的是“出口”，人们却蜂拥地进去。不，朋友，写着的并不总是正确的；把你自己的智慧加到所写的东西上，是有好处的。

争取光的斗争

森林里所有的树一起向四面扩展，占据越来越多的空间，就像人们在其社会生活中向外扩展，在大地上运动那样。但森林里的每一棵树都向着光，向着太阳，向上伸展，越长越高。当然啦，它，单独的一棵树，应该为了共同的利益提供种子；但它本身，这样的一棵树，还有它独自的任务：冲向光明。

森林里的树并不关心个别树的命运：这一任务由人承担起来。他使每一棵树争取光的斗争变得比较容易些，这样就使森林变成了公园。

所以只有当政治家关注社会上每个成员争取成长和争取光的斗争时，人类社会上才会真正开始名副其实的人的生活。

对思想的感觉

艺术家不能用三段论来表达自己的思想。不过他有一种对思想的特殊感觉，这就像你记不起一个人的名字，可是能感觉得到他这个人，但不能向别人说明他是谁。所以，对思想的感觉使艺术家成为这一思想的沉默的占有者；但他会借助艺术手段，向我们说明这一思想本身。

对于语言艺术家，这当然比所有的艺术家更为困难，因为对思想的感觉难以表达，于是它就很容易在暗中被逻辑取代了。

长篇小说

每一部优秀的长篇小说里，众多的人物是为了表现人类生活斗争中人的一致性，所有长篇小说的意义就在于建立这种一致性的证据（形象的证据）。所以要有恶棍，而且坏人也有那么多，正是为了在和他们的斗争中，让以唯一的主人公为代表的“整个人类”获得胜利。长篇小说里的大自然，则是这场斗争中，使斗争更加深刻化的环境。

高不可攀

难以攀登是一切高峰的特性。

我记得五十年前青年医生们是怎样飞黄腾达起来的。他来到叶烈茨[1]，一开始在门上钉了一张卡片：“穷人可随时免费就诊。”过了半年，当他渐渐高升，成了名医的时候，提到穷人的那张卡片不见了。不久，在那同一个地方出现了一块铜牌，上面刻着开诊的时间。关于穷人，牌子上已经只字不提了。医生已经高不可攀。（或者——天神的特性渐渐变成“看不见”了吧）

关于新文化

欧洲——这就是一部个性退化为个人的历史，从一方面来看是如此，

---

① 叶烈茨：俄罗斯中部的一个县，普里什文的故乡。

从另一方面来看，又是一部个性被社会所吞没的历史。现在由欧洲所残存的一切，就是个人主义的（资本主义的）文明和共产主义的斗争。我们认为，这种文明将被共产主义吞没，而新的个性的文化将会在共产主义中诞生。我们希望，共产主义将成为新文化的物质核心，而那些现在使我们感到厌恶的东西，将成为新文化的营养成分。

给艺术领域中的一切模仿者

萨里亚平曾在喀山放过鸽子，还在教堂的唱诗班里参加过合唱；但这绝不意味着，如果你也去放鸽子，也在唱诗班里唱圣诗，你就会成为萨里亚平。

如果说“要像孩子们那样”，这无论如何并不意味着，孩子都是好的。这里所说的那些优秀的孩子，我们成年人心里有时保存着他们的形象，在大自然中看到与之相类似的形象，于是对他们赞叹不已，说：“要像孩子们那样。”

不要夸夸其谈

首先，需要根据自己来了解大自然，并用自己的人类的语言向自己讲述它的情况；然后，需要让大自然本身用它自己的语言来进行叙述。第一步每一个会思想的人都能做到。而第二步，能够做到的只有艺术家，他的艺术使命在于：驯服大自然，迫使它用它自己的语言讲话。

由此而得出艺术家的一条规则：自己的思想留在自己心里，不要夸夸其谈，让大自然本身代替他来说话。

谦 逊

坏人，就是不如我们的人；好人，就是和我们一样的人；而比我们好的人，我们却看不到，而且这是很难看到的：要看到他，得在更高大的人面前躬身下拜；可是，你倒试试看去向人躬身下拜吧！

那么只好说："那就不要躬身施礼吧，而是看看那个人的事业，不是崇拜他，而是崇拜他的事业。"

六月的草莓

昨天运来了为草莓做肥料的鸟粪，气味是那么难闻，简直破坏了五月里的空气，而我也许正是为了这新鲜空气才住在这儿的。可是有什么办法呢！不管多么喜爱五月的空气，反正为了在六月里享用草莓，就不得不在五月里闻鸟粪的臭味。人世间就是这么安排的：为未来操心，就要破坏现在的空气。

技艺的法则

我在反复思索创作者心中神奇的秩序，每一个工作人员，干他自己那一行的能手，在某种程度上都是一个创作者。这神奇的秩序要求精于一艺的能手把一切事物都恰如其分地安置在它们各自的位置上，同时要求他本人明确对待工作的态度，而绝不能逢迎讨好。

要有自尊心。仅此而已。

当自己心情愉快的时候

今天早晨下过一场温暖的小雨之后，大自然中是那样美妙，而且那样希望写作！正是需要在自己心情愉快的时候提笔写作，不然的话，笔就会导向怀疑或无用的废话。

我好像觉得，当自己心情好的时候，笔下就会涌现出你自己的新东西，否则就只会要么是出现悲观论调，要么就是老调重弹。

计划

我的作品里哪儿来的“才智”呢，既然每一次我都得拒不承认自己的“才智”？一般说来，聪明人当然总有一个经过周密考虑的计划。

经过一些重大的考验，根据生活法则（正是如此，而不是偶然地！）需要抛弃这一经过周密考虑的计划，而去信赖似乎是由机会造成的东西。

于是，在这种对高于自己计划的事物的信赖中，“自己的才智”逐渐消失了。但正如我相信建筑必须要有脚手架一样，我认为自己的计划是必不可少的。

不知为什么，当你不带猎枪到森林里去的时候，鸟兽是那样成群结队地跑到你跟前来；而一旦带上猎枪，抱有一定的目的——就什么也没有了。即使会打到些什么，也得费很大力气：对自己来说，要付出更高的代价。一切都很容易，顺利而且愉快。但只要你一坚持“计划”，那么就什么都离开了你。大概正是由此而产生了这样的说法：痴人有痴福。

我的头脑里有那么多计划，以致我不得不装作傻瓜，拿这来当作计划，如同打着一面旗帜，给大家观看，这样来保卫自己的计划。在这方面，我为躲避“大智”而从事的狩猎，是一个巨大的成功。

我关于别墅的整个意图是为了孤独：计划是这样的。如果春天里就告诉我，夏天里，紧挨着我的房子将住着另一户人家，我准会昏厥过去。计划如此，而生活所证明的却完全相反：这户人家住在那儿，对我来说只有好处。

安排生活的智慧正在于此：计划归计划，同时要准备好随时抛弃这个计划。

和　谐

自由就是精于一艺的行家去工作时的那种和谐感。从理论上讲，和谐是人在空间和时间的范畴里支配事物的才能。

信　念

为什么我总是写动物，写花，写森林，写大自然呢？许多人说，我排除了自己对人类本身的注意，从而限制了自己的才能。

我写大自然，是因为我希望写美好的事物，写有生命的东西的灵魂，而不是僵死的东西的灵魂。不过看来我的才能并不大，因为如果我把真实的人写得很好，大家就说：“不真实！”——不相信人们中间会有这样的善良行为。

如果像果戈理那样去写死魂灵呢，虽说人们会承认你是一个现实主义者，但这种承认并不给人以乐趣。

瞧，这就是我的发现：当你在动物身上发觉自己人类的、我如此熟悉、如此常见的善时，大家都会相信，大家都会称赞，并表示感谢，高兴得很。

于是我为自己找到了心爱的事业：在大自然中寻找并发现人类心灵美的一面。

第一眼

这是多么美妙——有时在森林中，在田野里，在大街上遐想出神，然后又突然回到现实里来。那时在最初的一刹那，似乎正好看到了当你不在的时候世界是怎样生活的。

不过可以认为，这不是你出其不意地看到了生活，而是你认识了自己——当你俨然是第一个踏上新大陆的人，用你个人的第一眼来观看世界的时候，你是一个什么样的人。

这种能看到你不在场时的世界的本领，或者有时觉得自己俨然是第一个踏上新大陆的人的这种感觉，大概就是艺术家用来丰富文化的一切吧。

歌德说过

歌德在什么地方说过，一个为自己模模糊糊的意向所驱使的普通人永远是正确的。歌德的普通人就是个人的优越感，这好比是生活的根，而这种优越感的种子，是每个人所固有的。

社会主义的道德就在于向小人物的心里注入伟人的精神。

“火箭”

这位文学家好似火箭，急速喷出自身的气，自己却不知飞向哪里。他从这件事情开始，却以完全不同的另一件事情作为结束；讲完以后，自己十分天真地感到惊讶：瞧我飞到哪儿来了！不错，同志们，现在我可真是搞不清楚。

给青年们

巴乌斯托夫斯基仿照契诃夫的《草原》写了一篇中篇小说《征服时间》。尝试是很有意思的：原来怀着对人类的良好意愿，细心观察生活琐事，会提供这样的材料，作家几乎不进行任何欺骗，就可以把它教给读者。

可以用情节来联结主题；但也可以像契诃夫在《草原》中所作的那样，只不过是用爱把故土和人们联结起来。这一点，巴乌斯托夫斯基是从契诃夫那儿沿用来的。

当然，不应立足于情节，但需要利用情节。

能把这一点写出来，那该多好哇，其目的是让青年人看到，各种文学都是可能的，而不是全靠情节。

自然主义

对艺术领域中的自然主义，以前我理解为一种人所共知的、艺术家对大自然的态度，或者把它看作一个分数：它的分子——主体（艺术家）很小，而分母——客体（大自然）很大。

但对自然主义也有这样一种理解，把它看作和自然科学的发展相联系的一种现象（达尔文主义等等）：这不是自然主义，倒不如说是生物学主义。

生活的工匠

有人为习惯或方法而进行斗争，在这一斗争中献出自己的生命和幸福；另一个人却在追求幸福的过程中和种种习惯进行斗争。

有这样的工匠：他打成镣铐，铐上人们的双手，用锁锁住人们的双唇。人们把自己的镣铐叫做习惯。

也有的工匠致力于把人们身上的习惯统统打碎。

抽象思维

抽象思维正在离去，而细节却留在绝望和痛苦之中，因为没有把它们随身带去。为什么真的没有把它们带走呢？为什么抽象思维从不把一切全都带走，而定要留下那些细小的、被回避开的、受委屈的东西呢？这是不是大自然在进行创造时撒下的亿万颗未能发芽的、形形色色的种子所感受的那种委屈呢？是不是由于这创造的结果而形成的那种殊死的生存竞争呢？

当列车开始前进的时候，我们从车窗里看到，近处的物体都在向后移动；只有很远的东西，例如星星，仍然和我们处于相同的位置：所有近处的，只有近处的，在离开我们！

我们能做些什么来安慰近处的一切呢：不要思维，不要乘车，不要移动吗？而思维必然就是运动……

成长的条件

需要以这样的思想作为出发点：每一个人都可能体验到这样的时

刻——他将独自承担一切，犹如一个战士。据说，只有一个人在战场上，这并不是战士；就某种意义来讲，这种说法是正确的。但每一个正在战斗的人都知道，在斗争的决定性关头，每个人都是独自承担着一切，他没有时间回顾，期待别人的帮助。

即使后来发现这是一场有许多互相配合一致的战士参加的战斗也罢。但英雄的心灵里将永远保留着这一神圣的瞬间：他只是单枪匹马，只身一人承担了斗争的全副重担。有时并不是战斗，而只不过是一个人在成长；作为成长的条件，往往会有这样的瞬间：觉得必须要由自己独自应付一切。

当我们遇到一场决定个人胜利的斗争，而这又将影响我们将来的一生时，有谁会来照料我们当中的每一个人呢？自己，只有我们自己来进行斗争。但不知为什么，当你看到别人在进行这种斗争的时候，却会怜悯他，禁不住要去照料他。

艺术家的诞生

幸运到处都是一样的，不论是在大自然里，还是在人类社会里。这是一只我们看不见的手撒下千万颗种子，为的是让一颗种子发芽；而当它发芽的时候，这就是幸运。于是枞树播下自己的球果，白杨、蒲公英各自播下自己的种子。于是千千万万的人们拿起画笔、钢笔、琴弓，为的是有一个人能够成长起来，长出新苗。

事实的衣服

某一还没有名称的事实穿上语言的衣服，这样就成为人类社会的财富了。而由口头的名称转变为书面名称，这也是一个重要事件，如同意识的第二阶段。

因此，常常会看到，一些书十分平庸，然而却很有意义。就连已经完成的作品，最简单地把它抄写一遍，也是有意义的。

清洗种子

马克思遗教的具体内容是行动的哲学（改变环境）——这是最主要的。要求人据有过去最好的东西，为的是将来把它再播种下去。

人的任务就是清洗历史的种子。

猎人的哲学

猎人柯洛索夫把他的猎狗帕拉兹卡借给我用一天，叫我让它舔一舔我的手。帕拉兹卡舔过以后，主人说：

“喏，给您皮带。您牵着它稍走一会儿，然后放开它，它就会去进行搜索了。如果它没有很快就回来，您别着急：既然它舔过了您的手指，即使森林里有一千人，它也不会找不到您。”

果然如此，我放开帕拉兹卡，它跑得无影无踪了。很长时间我都相信它主人的话，不过后来开始动摇了。怎么能不动摇呢？要知道，有时候我好像觉得，我自己正在丢掉自己，而且是那么有根有据，以致只有当我记起笛卡儿说的“我思故我在”，由于对哲学家的信赖，才开始相信自己。可是一条狗只不过舔了舔我的手指，在森林里和那么多的道路上，怎么能不把我的脚印和别人的脚印混淆起来呢？

这样过了许久，突然听到了狗吠声，越来越近。原来这正是帕拉兹卡。它绕着森林跑了一圈，连一只兔子的踪迹也没有找到，忽然发现了我的脚印，就发出信号，一面叫着，追上了我。

天哪，我是多么高兴啊！我高兴并不是因为可以继续往前去搜捕兔子，打猎有了把握；而是因为，笛卡儿和他的思想算得了什么！既然狗只舔了舔我的手指头，就能在千千万万脚印，野兽的和人的脚印之中辨认出我的脚印来，对我自己的存在，还能有什么怀疑呢！

这么说，既然连一条狗舔一舔我的手指，就能辨认出我的足迹，这就是说，我是存在的。

不是吗，事实的确如此：这么一高兴，发现我原来是个如此不可救药的唯物主义者。这哪里是什么猎人的“思维”呀！

那么，笛卡儿的定理，用猎人的语言可以这样表达：“如果狗能在千万足迹中辨认出你个人的足迹，那就是说，你是存在的。”

这么说来，关于自己，我们还非常没有主见，却指责别人说：“他自命不凡。”有些人甚至直截了当地说：人的心灵——这是臆造的。然而一条狗嗅一嗅就知道：这个人是独一无二的，世界上就只有他一个人的心灵会发出这种气味来。

雨　衣

冬天有人送给我一件极好的灰色雨衣。春天阳光灿烂，后来天热了，雨衣我连一次也没穿过。夏天炎热，秋天干旱。就这样，第一年我的雨衣一直挂在衣橱里。每次翻衣架，看到这件雨衣，我就觉得，我拥有一件和大自然交往时非常有用的东西；于是把这种愉快心情存放到我主持日常生活的心灵的扑满里。

后来，第二年天气又很干燥。而当第三年又是个干旱年头的时候，人们开始议论，由于太阳黑子分布异常，气候正在发生变化。

只是到了第四年，才遇上一个潮湿的春天；四月底，山鹬飞来的时候，下雨了。于是我从自己家中幸福的扑满里取出那件雨衣，穿上它出去打猎。这才发现，我尽力使家中保持舒适，把雨衣保存了三年，原来毫无道理：才遇上第一场雨，我的雨衣就湿透了。

在我们心灵的瑰宝之间，我们保存着多少形形色色这种根本不值得保藏的东西啊！

“希望”和“需要”

在自己生活里为“希望”（个人）和“需要”（集体）之间的斗争寻找材料。或者说：如果种子不死，那么就不会复生。这并不是说，它只应死亡：死在石头上，就不会复生。为了复生，它得死在肥沃的土壤里。

有多少很不错的种子遭到灭亡的命运，只是因为它们落到多石的土地上。在自然界里是这样。人却会自己创造肥沃的土壤。

风带来一颗好种子，把它丢到石头上。它在幻想着沃土，感到极端苦闷。个人，他的“希望”，正是这样在期待着进入集体的可能。

艺术家的阅历

如果拿起一个多汁的梨，用牙齿咬它一口——不，为什么是我呢，让十八岁的年轻姑娘去咬它，让甜蜜的梨汁呛得她喘不过气来吧。我们却需要被生活的喜悦呛得喘不过气来，以便很好地写作。我认为，就连曾把生活写得十分阴郁，写过最阴郁的作品的人，他内心里也珍藏着如此伟大的喜悦，在它面前，我们的全部日常生活，连同梨和姑娘，只不过是过眼的烟云而已。表达全世界的喜悦心情，这种最困难的修养，就是艺术家的阅历。

我根据自己的经验，了解这种生活喜悦的伟大感情，至于并非总是在任何地方和任何事物中都能在自己身上保持这种感情——我认为这是自己的支出。现在我认为阿什哈巴德[①]的地震就是这种可怕的支出。但就是在这里，据说有一个人在已经遇难的一家人中独自恢复了知觉，他听到石头底下有呻吟声。于是，作为回答，他用手指拼命去挖，挖得手指都断了、掉了。当他挖出许多人来的时候——多么高兴啊，简直如同过节一般。

让他们写吧

经常有人非常自负，以为颇有写作的才能，寄来一些手稿；如果不好（几乎总是不好的），你总是会思索这种自负的不好的根源。它，大概真的是这样，来源于自己内心的斗争；如果坏的因素（例如：贪权）得胜，我就收到一份不好的稿子；如果是另一种好的因素（比如说，爱）获得胜利，那么你就会感到高兴。因此，让他们写吧。

真的，难道全人类诞生时不都是这样的吗——每一个孩子都怀着自负的心情以其第一声叫喊拼命要求获得生存的权利。应当看看母亲，看看她怎样对待这种情况，看看她是怎样以自己爱的力量制服那粗暴的自负，看看婴儿本身怎样产生争取这样爱的斗争——以后终生都在和他自己进行的

---

① 阿什哈巴德：原苏联土库曼加盟共和国的首府。

斗争。

所以由它去吧，让进行这种斗争的人诞生得越来越多吧！

冠　军

我曾经读到，在田径运动中，一百万人里头才有一个胜利者（冠军）。艺术领域里要在多少人里才出一个艺术家呢？最可能的是，在艺术领域里不可能有纪录。每一个真正的艺术家主观上都觉得自己是全世界独一无二的。普希金是独一无二的，还有托尔斯泰，还有果戈理。艺术领域里这样的冠军叫做经典作家。

礼貌学校

地下铁道让我们大家赞赏的原因，主要是它每天都在教导人群不要匆忙，不要推推挤挤，而要深信，位子足够大家坐的。这对群众是一所真正强大的礼貌学校，正如我的“莫斯科人”牌小汽车对我个人来说，是集中注意力的学校一样。

形　象

形象是在通往概念的道路上诞生的，而正是形象的诞生让每个人有可能按照自己的方式在这条道路上继续走下去。

艺术的作用就正是建立在这上面的——它借助形象使人神往，吸引另一个人来参加创作活动。

为了友人

可以像安纳托里．法朗士[①]那样写作，觉得自己是一个独立的、清清楚楚突出于众人之上的人；不过也可以像俄罗斯人那样写作，仿佛提出一个问题，不是要自己回答它，而是为了和朋友们共同讨论。

① 安纳托里·法朗士（1844—1924）：法国作家，诺贝尔文学奖获得者。著名作品有《企鹅岛》《天使的起义》等。

1949年

我的思想明显地在历史中徘徊。

永恒的一面

每件事情都有它永恒的一面；人类所建造的一切，都是靠它永恒的一面建成的，不是为了自己，而是为了大家。因此，我们之中每个人接触到被称为创作的作品这永恒的一面时，都感到精神振奋，心情喜悦。

只不过在我们进入生活本身的创作领域时，并不是每一个人都把这一发现的喜悦归功于生活本身，而多半是自己赞扬自己，为自己的天才感到骄傲。

对未来的信念

有什么能比演奏音乐的集体更为谐调一致的呢？当我们听交响乐的时候，怀着多么喜悦的心情说："多好的乐队，多好的指挥！"厂但如果深入了解他们的全部劳动，深入了解参加乐队的人的一切倾轧和斗争，那么……大概就不想再去听这部交响乐了。

所以，对美好的事物有两种观点；如果在美的理想境界里没有一种胜利的力量，迫使我们忘却达到这一成就的手段，如果交响乐的组织者心中没有蕴藏着对未来尽善尽美的成就的胜利信念，大概我们就不会去听交响乐了。

芥　子[1]

“请您想象一下！”

我们这么说的时候，并没有深入思考“想象”这个词的含义，就像一个小孩子坐到桌子底下，不假思索地说：“就当我们坐到轮船上了。”

人们也常对我们这样说：“请你们想象一下，在我们面前有一座高山。”

于是我们就设想或想象出一座山来：我们面前的山就是我们的想象力。

如此说来，想象是人复制我们这个世界上事物的形象和支配它们的一种力量或本领——根据自己的愿望重新安排、想象，仿照现实的形象创造出一个为自己个人所有的世界来。

但想象只不过是构成我们创作力的一切力量中的一种。看，关于人的这全部创作力是怎么说的：如果有谁信赖这颗芥子，叫山走到他跟前来，那么山就会走过来。

我们现在对米丘林工作法、改造大自然等等进行鼓励，正在让这颗芥子的力量发挥作用。

---

① 芥子是耶稣对天国所作的一个比喻。见《新约·马太福音》第十三章，马可福音第四章，路加福音第十三章。

注意力的步伐

刚刚下雪，天气温暖。我在街上走着，为自己发现了注意力的步伐，当你这样轻轻地、均匀地迈着脚步，你的身体努力移动时，就不会妨碍你的注意力了。

坐在小船上，坐在一艘使用双叶船桨的、最轻型的小船上，也往往会有这种情况：你会找到必须的动作，遐想出神，而你的心灵却像一只天蓝色的蜻蜓，在水面上、草丛和花丛上面低翔。

这时如果掏出小本子，迅速记下你心中的想法，那么只要你来得及记录，以后这一切都是有用的。艺术家就是这样发现并细心描绘出大自然里的真实情况。

我的敌人

敌人——这就是思想道路上的障碍；我应当战胜敌人，而且要这样战胜它，要让这胜利扩大我的视野，接近目标，并提供新的力量：人的成长和健康就寓于这种斗争之中。

关于诗的谈话

晚上我听到一场关于诗的谈话，说是有一些书，例如《钢铁是怎样炼成的》或马卡连科的书，这些都不能称之为有诗意的作品，不过它们的作用却不亚于真正的诗篇。

“这就正是诗了！”我插了一句嘴。

问题在于，归根结底，诗中有一个源头，这源头就是行为。不过有时从源头到达我们这儿的只有一些诗的片断，像马卡连科的书就是如此；读者可以根据这些片断看到整体。然而有一些人专干这样的事，他们把这些片断当作整体，而且pars pro toto[①]，把它跟诗相互对立起来——魏列萨耶夫[②]认为普希金的行为和诗是互相对立的；他就是一个这样的人。

艺术之马

政治家看到艺术之马，就在盘算着怎样才能把它套到满载他的政治重荷的大车上去。

里程标

谈话是由此开始的：冬天天气暖和，“只是在一月三号夜里才下雪”。深信事情确实如此，而诗是受自然规律吸引的。

有位天文学家证明，普希金诗里的天文资料和事实完全相符，不差分毫。一位植物学家望着这位天文学家，证明在植物学上也是这样；说是有一种树，现在已经没有了(以比萨拉比亚)，而在普希金那时候是有过的。

不过照我看，诗中对外部事件的注意是无意识的，并没有特别故意留心用什么天文学或植物学的方法去揭示事实：揭示事实会流于自然主义，而且不可避免地诗中会出现与之相关联的错误。因此，诗一定要是**自由**的，而在它自己自由的道路上，它必然会被事实吸引，正如一个驱车赶路

① 拉丁文，意思是：以部分代替整体。

② 魏列萨耶夫（1867—1945），苏联俄罗斯作家。

的人，他的注意力会被里程标吸引一样。

语言的种子

诗人在表演，在几十个受声音欺骗的听众间悦耳地朗诵自己的诗篇。听众散了——声音也分散在人群之中，犹如雨滴分散在大海中间。这时诗人的语言当真会成为激动人心的词句，如果他为了自己而抑制它，并使之成为一种信号，能在每个人心中激发出他自己的语言的话。

所以，诗人，除了你自己的缪斯，请不要相信任何人吧；让她来帮助你，把你那生动的语言安置在这样的种子里，在你本人并不知道的人们的心田里发芽。

哲 人

只有孩子能完整地解决生活问题；哲人注意到这些问题，而只是解决问题的某些部分。

故乡就在心中

我在叶烈茨的实际上的故乡犹如一座坟墓：到故乡去，就像发掘我母亲的坟墓完全一样。

哪里是我真正的故乡呢?

就是我从它那儿随身带走的一切。美丽的故乡活在我心中。我从事的工作就是拯救自己的故乡，正如鸟儿在为自己的新雏营造新巢一样，尽管现在某处还有个旧巢，但它已经发黑了，里面是空的，而且被雨淋湿了。

德行的拐棍

人一定得坚强，不然的话，恶人喜欢软弱和善良的人，会把他们当作自己的拐棍。所以应当牢记，真正的邪恶是瘸子，走路时总拄着德行的拐棍。

威 信

我开始批评我们的疗养院。人们对我说：

“到处都是这样：医生没有威信——所以也就没有疗养院了。”

“为什么现在我们这里没有威信呢？是人们都变聪明了，想要自己治疗，不相信医生，想要像使用机器那样利用医生吗？”

显然，这里和到处都是一样的：处于从属地位的人不再盲目服从——这是多么容易啊！——并参加管理了。但在管理医生之前，得先学会管理自己。目前我们正停留在发展的这样一个时刻：需要一段时间来学会这一点。这不是，我们正在学习自己管理自己，因此似乎觉得，在我们周围，威信正在崩溃。

人的心灵就是这个人本身，而不是人们所看到的、根据自己对他作出种种猜测的那个人。

时代的镜子

所有过去的经历映照到我们的时代里，仿佛在照镜子。我直截了当地说：我们并没有像现在人们常爱说的那样，成为另一种人；我们还是原来那些人，只不过初次看到了自己，于是开始修饰修饰，整理整理，正如在镜子里照见自己那样。

孩子们

孩子们教导成年人不要完全陷入到事物之中，而要始终保持做一个自由的人。

我的梦

今天仿佛是个百花盛开的日子，花儿开放得比往日更加美丽。无怪乎这天夜里我梦见，似乎我在唱一首奇妙的、朴素的俄罗斯歌曲，我周围的人都高兴得很。只有在童年才会做这样的梦，因为只有有一颗纯洁的良心，才能看到这种景象，而成年人是不可能有这样纯洁的良心的。

但现在这纯洁当然并不在我身内，而是在我身外：美好的一天不可能像这样在我心中成为现实。我相信，或愿意相信，总有一天，世界上会出现这样美好的事物，它将是那样显而易见，毫无疑问，以致死者也会站起来唱歌，就像我在七十六岁时，这天夜里的梦中唱歌一样。

关于歌的事，不是由我纯洁的良心，而是由这一天美的本身所决定的，这写得多么好哇。可以认为，对于创作来说必不可少的那种尽善尽美的感觉，或和谐感，就是创造者的精神财富，就是他的行为。然而，不！心中充满了这种幸福感的人不能把它归功于自己，一个如此不够完美的人。

证实存在于自身之外的美的现实：一个劳动者，人类生活创造者的行为就在于此。

和谐的天使

创作的注意力总是会发展某种新的事物；这样的注意力或类似的注意力，是怎样产生的呢？我一生都在思考这个问题。只是现在才发觉，在产生这种注意力之前，往往先有一瞬间和谐的宁静心情，它和这样的宁静心情是颇为相像的：当你的房间里和写字台上一切都收拾得整整齐齐，每样东西都摆在它固定的位置上，这时就会产生这种心情。

但愿这是一面船帆，让它，这不安定的帆在蔚蓝的大海和金色的阳光之间去寻找暴风雨吧——在诗人心灵的午夜里，在他写出一首诗来之前，必然会飞来和谐的天使。

在寻找诗的泉源的过程中，我有很久把这种心情叫做类似的注意力。但在研究这种注意力的本质，希望把它和意识、意志、个性联结在一起时，我开始把它叫做行为。

这种行为的特性之一在于，以这种行为为出发点，并提交社会去裁判的作品，迫使我们宽恕作者日常生活中的行为。莱蒙托夫作为一个军官的行为，就可以被看作这种情况的一个明显例子。如果有一个作者根据普希金的生活行为来判断诗人，我们是永远不会宽恕他的。所以创作行为的特性之一，就是它会吞没日常生活中的行为。

生活的尺度

总之，有两种生活的尺度，其一是人与人之间的宽度，另一种是深度。向下——是大地，而向高处，向上——是天空。一种尺度是水平的："在它下面是清澈的碧波，在它上面是金色的阳光。"

和谢辽沙的谈话

谢辽沙，一个大学生，地质勘探员（最正直的小伙子就是这些勘探员了）说，穷乡僻壤中普通老百姓的生活使他感到发窘：生活那么困难！

“我记得，”我回答说，“有一次我们的炮队是怎样从一座遍地都是尸体和伤员的山岗上向下逃跑，避开德国人的追击；我坐在一个弹药箱上，自己勉强待在上面，不能往下看，不能去看那些伤员。当时整个战线上都是我们的胜利；如果看看那些弹药箱下面和马蹄底下的人，那么未必还会为我们的胜利感到高兴。现在您在思考关于真理的问题，自己却去看伤员们的心。”

“是啊，他们实在是太多了！”谢辽沙说，“不能不看。”

“然而，”我回答，“如果现在您看一看为他们自己的未来心惊胆战的欧洲富翁的灵魂，那么穷乡僻壤中我们的老百姓就似乎是身在福中了。”

这时我不得不谈了谈庄稼人是怎样把我赶出我的庄园的。有一个小伙子这样安慰我说：

“你别难过，”他说，“应当承认，你在自己的窝里过过好日子了；上帝保佑我们每一个人。就让别人也在这里享享福吧。你享过福了，这很好；世界大得很，你会给自己找到一个新地方，你的心会平静下来的。”

不知是由于这几句淳朴的话呢，还是由于什么旁的原因，不过我心中的忧伤犹如白色底子上暗淡的油点，渐渐消散了，而精神领域却是晶莹的，明亮的，无限宽广……

所以说，朋友，当前共产主义首先就是事业。如果你在寻找信心，那么就看看事业吧；你会在事业中找到并懂得信心的。

牌 阵

我每天都在摆牌阵，甚至一天不止摆一次，一直是摆我那同一种牌阵。许多年来我学会了什么呢？以前我总是仔细研究，考虑很久；现在却简直是看一眼牌的分布情况，立刻就飞快地摆下去：我已经不是细心摆，而是心里想着别的，而且也快得多了。这样一来，牌阵本身的意义，培养耐心的意义就开始消失了。

我担心，在生活机械化的情况下，使我们感到恐惧的正是这一点：它不再是培养耐心的学校，而在为轻松辩解的时候，心中缺少喜悦和感激。

风

你开始对另一个人讲述什么，他却连听也不想听。

“我呀，”他说，“还是想看看，“还是想看看。”

于是我对他说：

“咱们静一静！”然后问：“你听到了吗，这是什么？”

“是风，”他说。

“不错，”我回答，“是风，不过你看到它，看到这个风了吗？”

“没有，”他说，“风是看不见的。”

“是啊，你瞧，”我说，“你看不见，可是说是风。现在你也听一听吧，你也会了解到一点儿什么东西的。”

所罗门

两个亲家母来打官司。一个亲家母，丈夫的妈，维护她的儿子；另一个则护着自己的女儿。法官审了整整一天，还是审不清。

“我累了，”他说，“审也审不清。你们告到另一个法庭去吧：我没有办法。最可能的是，没有哪一个法官能断你们的案子，最好你们还是和好吧。”

两亲家想来想去，终于和好了。

“嗯，这就对了，”感到高兴的法官说：“看来我的工作也没有白做呀。”

两亲家向法官谢了又谢。

回 忆

年轻的时候我问维克多·伊万诺维奇：“难道这不能利用吗？”

维·伊从文件上抬起头来，想了想，叹口气，回答说：“年轻人，什么都可以利用。”

尼亚加拉瀑布①

所有伟大的事物都会提出它自己的要求，这使我感到畏惧：“我嘛，是伟大的；可你是什么人，竟敢到这儿来看我。”就拿尼亚加拉瀑布作为例子吧。我去那里，并且看到了它。当通常感到惊讶的短暂时间过去以后，瀑布必然会提出那个问题，就连瀑布也是如此！这时，如果我是一个

---

① 尼亚加拉瀑布，在北美洲，是世界著名的瀑布。

画家，必然会动手画一幅画。而瀑布却一直在瞅着我，只是没有说出：“瞧这个家伙！”

幸好我是以伟大的瀑布作为例子，如果这是列夫·托尔斯泰的话，他准会用他浓眉下面锐利的小眼睛望着我，不是吗？我不理解，人们怎么会到他那儿去的！我住得离他那儿不远，可是下不了这个决心。我只是在以后才去的，去看他的坟墓。

唉，这就是我怕和伟大人物接近的原因：怕打搅他。而在坟墓上，我却不碍他的事，恰恰相反——我觉得自己甚至不是一个多余的人；我忍不住泪流满面，我并不隐瞒，也不擦掉它。

在一段报纸上

我在一段报纸上看到一篇关于高尔基周年纪念的文章，用黑体字印出的标题是《献身于道德的人》。这是多么浅薄乏味，而且对死者的遗骸是多么沉重的打击！然而却邀请一切知名人士去享受因后辈的感激而产生的欢乐。

相对论

我们从怀疑主义时代，而且大概也是从法国人那里，得到了一种特殊的财产——某种相对的信念；这就像这样一种东西，从一面看，它是这样的，而从另一面，如果回避事实，从后面去看它，就会完全是另一个样子。这中间最主要的是，自己可以生活在两可之间：从一方面来说，是这样；如果这里没有结果——可以转到另一边去，而在那里，因为站在另一边，不是这样，所以就会给予奖赏。

自尊心

创作和分娩的区别在于，似乎它比较容易些。这是不真实的，创作的痛苦往往比分娩的痛苦更加难以忍受。而且还似乎觉得，创作之所以比较容易，是因为，新生儿一生下来，产妇就为他操心；而艺术家完成了一件作品，就什么事都没有了。

可惜，这是不真实的，产妇有要操心的事情，而艺术家会产生自尊心，谁知道哪一种比较好呢。人们对要操心的事会表示同情，而且一个人完全陷入要操心的事情里，这一点儿人人都看得见，而自尊心却要隐瞒着；因此，操心只是消磨人的精力，隐瞒着的自尊心却会令人苦恼。

《自尊心》的一点内容：①和分娩比较：妇女分娩后会有操心的事，艺术家则产生自尊心。②一个人不能沉默，于是把垃圾清除出小屋去："他没有自尊心。"

一般说来，这个废物——自尊心存在于我的天性之中；现在它像一只受伤的手吊在我身上，而我和它在一起生活。工作，已经习惯了。手的比喻我是从护林员多罗宁那儿借用的，他的一只手耷拉着，碍事得很。

为什么他的手只有一点点连在身上，而他却不肯截掉它呢，对这个问题，护林员回答说："由于自尊心。"

于是讲给人听，他那只吊着的手，手指会动。

"既然手耷拉着，这些手指对你有什么用呢？"

"卷烟卷儿。"

"这和自尊心有什么关系？"

"怎么没有关系：我保留着整整一只手，只是为了抽烟。这有什么好处呢？只不过是自尊心罢了。”

所以我也怕下决心截掉我这受伤的器官——自尊心；我好像觉得，没有它，我就失去了卷必不可少的文学虚荣心这根纸烟的能力，而成为一个只不过是有德行的人了。

致出版者

你们出版一本坏书，出版质量越高，它就越讨人厌。

遭受损失的感觉

一个人在童年领略过铃兰的香味，后来，当暮年失去嗅觉的时候，不会不再希望把铃兰拿到鼻子底下来闻一闻。不仅如此，他这么做的时候，还能充分享受想象中的香味。

诗比花香复杂，但它也和人弥补失去的东西的本领十分相近。

问 题

野生动物——这是森林的财富和欢乐；家畜却只有在数目不多的时候才是可以忍受的，而在公园里就叫人根本受不了了。

不过这是可以理解的；只是完全不能理解：为什么野生动物——鹿，扁角鹿，野山羊——就是在公园里也让人喜欢呢。

在拥挤的森林里

……突然我明白了，我就像拥挤的森林里一棵高大的树。我觉得很挤，气闷，我的身上被邻近的树枝刺穿了，只有我那郁郁葱葱的树冠冲到了上面。然而林边很远的地方，那里树木生长在幸福的光照之中，森林在那里撒下自己的种子，如同人们一样在大地上扩展……

如今我们的文学也是这样。在狭小的空间里向着光伸展，失去自己的树枝，越长越高，这样的人是很痛苦的。但林边上生活是多么美好！在人们靠民间创作、口头语言供给营养的地方，民间创作都成为文学事业，精神生活都在变作文艺作品。以前衡量一个作家，正如衡量拥挤的森林里的树：越高越好。现在却如同衡量森林边上的树林：标准是横向扩展。

我的方向

素材就在我的脚下：我亲爱的大地；而方向，每一棵树都用自己向上生长、一直向着光生长的行动为我指出了方向。剩下来的一切就是斗争了。

耳 聋

我开始有点儿耳聋了。每当听觉不好的时候，我好像觉得，似乎是说话的人咬字不清，因此有时他使我觉得那么讨厌，真想照我所听到的那样模仿他的声音。在文学领域里也是这样，对艺术家的语言，听觉迟钝的批评家和读者们必然会把自己耳聋的过错推到作者身上去。

这就是我们的语言应该是明确的，响亮的，并且要尽可能让每个人都能听懂的原因。

创作行为

对我来说，只有两个季节：光在逐日增长的春天和光在逐渐减少的秋天。在自然界是这样，而在人的心灵里，随着光的增长，担心以及问题也在增长：我能否在自己身上找到力量来回答大自然的召唤，我能经受得住吗？

光的减少却在自己内心里激发出力量和对创作的信心，使人相信和谐是可能的，相信构成创作行为基础的一切都是可能的。对于普希金，秋天就是这样的季节。

艺术领域里的劳动日

当一篇小说写得不好的时候，人们就说："生编硬造的，闻得到一股汗臭。"

而当想要称赞的时候，就说："真是妙笔生花，文思泉涌。"

请由此来推算艺术领域里的劳动日吧！

我的手法

我的手法在于，不仅让中心人物活动，而且使整个环境人格化，让每样东西都把自己的面貌呈现出来，也成为故事的主人公。于是森林、枞树、松树都成了有生命的（对小说来说）了。

读巴乌斯托夫斯基的作品

如果我不是普里什文的话，我希望在我们这个时代像巴乌斯托夫斯基那样写作。

自由

虽说是个十分聪明的人，就连格里鲍耶陀夫当时也会说出这样的话来：“我写作，犹如我在生活：自由自在，无拘无束。”这就是说，在那时候，他也不能理解，自由是蒙着面纱出现在人们面前的，不应该用普通的语言随随便便说出口来。

现在就连一个最普通的人也不随便谈论自由了；因为自由，这就是个人的秘密，把秘密说出来，自由就连同它的一切迷人之处，希望、信念和爱，如同一阵轻烟，消失在共同的生活之中了。

我感觉到，我的自由早已化作波浪，奔向四面八方，撞在陡峭的岸上，摔得粉碎，然后又聚集起来。

老 狗

小狗应该绝对服从，对它们丝毫也不能纵容。而对老狗，有时候我们就准许它们不听我们的话了。

关着的门

自己觉得舒适的地方，门是难得为客人敞开的——这就是诗不会在那些自信而又心满意足的人们舒适的家中露面的原因……

荣 誉

契诃夫说过，当你口渴的时候，似乎觉得能把海里的水全部喝干；而当真喝的时候，却不过只喝上一两杯而已。我对荣誉的看法也是如此，如果要有味道，而且有益，那么一个演员也只能喝上一两杯，再喝下去，就只能胀肚子了。

太阳的形象

花是学太阳的样儿。花有它的蜜和蜂，太阳有生命和人……

如果从下面看

看树，从下面看要比从上面看好：从下面看，它显得更出色，更高，更美。当然啦，就是人，如果从下面看，也会显得像个巨人，只不过这样看人是危险的：巨人傲慢自大起来，就会对着你的脸从上面踹你一脚。

最后的审判

在战争中每一个人都会显示出他的本来面目，他是一个什么样的人：一个勇敢的人会变成胆小鬼，而一个胆小的人会变成英雄。所以战争就好似最后的审判。好在如果废除战争，人类定会为自己找到另一种更加合适的审判形式，而且一定是"最后的"，在这样的审判中将会揭示人的内心世界。没有这样的审判，就不可能有世界和平，不可能有向更美好的事物的运动。

献给艺术家

有人看到美好的事物，急忙扑上去，把它据为己有，让它变成自己的私有物：这一私有物迟早要让他变成它的奴隶——这样做谈不上有什么智慧。

真正的智慧在下面这种情况下才会来临：当一个人看到什么美好的事物，不是急忙扑上去，而是邀集朋友们来，让他们大家观看。于是美好的事物就会自己找上门来，仿佛是到自己的主人和朋友那里，无拘无束地和大家一起坐在桌边。

太阳只有一个

为什么世界上一切都分作两份：日和夜，右手和左手，上和下，黑和白，一切都是成双的，而太阳只有一个，不像我们大地上一切都一分为二，没有这种和它配对的东西呢？太阳只有一个，是不是因为对于我们，它是生命的唯一泉源呢？

虚构越逼真越好，越近乎真实和可能，就越叫人喜欢。

“我们来试试看！”

日渐衰弱的人和正在衰败的民族，进入生活轨道时，会得到这样的信念：人类的本性是消极的，并援引历史和“四大皆空”的理论使自己相信这一点。

需要有年轻的民族前来，点燃起对未曾有过的事物的信念。

“没有吗？我们来试试看！”

1950 年

艺术家的事业就是摆脱美丽的邪恶的诱惑，使美成为善的太阳。

争 论

昨天有一位读者，一位年轻的工程师到我这儿来。他是我的作品的崇拜者，同时他又很气愤地反对无助于个人创作的那些措施。

“您用不着生气，”我说，“现在是翻耕文艺田地的时候：犁正在工作，可您已经在思念成熟的庄稼了。目前我们国家里大家都在读书识字。您怎么，难道您反对识字吗?”

我的事业

我对一位医学教授说：

“每一个人都应该在某种程度上是某种新事物的创造者，他生活的乐趣就在于这种创作之中。医生对自己病人的研究工作应该从这里开始：是什么妨碍这个人，他的病人，进行创作，什么能够帮助他进行创作?”

“这样的人，”M.回答，“应当送他到劳动能力统计委员会去。”

“但在那里，”我说，“恰恰不会把他看作一个人，而是把他看作从事这种职业的劳动者的一个数学平均数字。医生应该恰恰相反，要把他的病人看作世界上一个唯一的、独一无二的、不能取代的人。”

我刚一把对个人的关心纳入社会关心劳动者的制度，M. 立刻就懂得了我的意思。

这就正是我在自己的作品中所做的事情，因此我的作品是不会衰老的，因此我的读者一直在不断增加……

所以，亲爱的朋友们，请不要抱怨国家制度吧，而要试试看，让自己相信这个制度，并促使别人也对它深信不疑。这将是你们终生都做不完的有益的工作。

自己生长的

浪漫主义、现实主义、社会主义现实主义、自然主义以及其他等等——所有这一类的概括，都建立在行为这一像石头一样牢靠的基座上：浪漫主义要求趋向更美好的事物，现实主义要求真实，象征主义要求美。

唯美主义是为了外表上的美而牺牲真实；不过为美服务已成为每一个艺术家的职责，就连莎士比亚的作品，也不是在烧瓶里提炼出来的。

俄罗斯语言的天然财富是如此伟大，只要不卖弄聪明，用心灵倾听时代的声音，和普通人保持密切联系，口袋里装一本《普希金文集》，那么就能成为一个出色的作家了。我们耕地、施肥、播种，但种下去的东西是自己生长的。

写书好比播种：为了播种，有很多事要操心，而下种以后，就一切全靠它自己了。就种子而言——收成要靠天气；就语言来说——要靠人民。

是啊，就创作本身而言，既有和播种时一样，需要操心的一段时间，也有需要撒手不管，让种下去的东西自己成长的时期。让一切都如同播种者考虑好的那样，按计划生长吧；不过在一切都靠大自然的力量自己成长的地方，作者也不要去进行干预。

也许，作者的行为和控制就在于此：善于及时放弃自己的打算，把生长这件事交给大自然的力量去管。

新 人

新人——就是孩子；如果需要谈谈关于新人的事，那么就谈谈能保持一颗童心的成年人吧。

献给作家

形式主义——这是出名的祸害，但形式却是财富。然而我们有些作家往往有意无意在和形式主义作斗争的掩饰下消灭形式。因此，为了保卫形式，我要求作家首先注意语言。

我的工作假说

对我来说，大自然、火、水、风、石头、植物、动物——这一切都是一个被打碎了的统一体的一部分。而大自然的人——这是一个伟大生物的智慧，正在积蓄力量，以便把整个大自然集中为一个统一的整体。

创作中有一个必不可少的因素，那就是艺术家根据自己来判断整个世界。

爱

个人的独立性是由爱造成的，不过有两种爱。一种爱对于自己叫做幸福，另一种叫做功勋。现在这个时代向人要求的是功勋，这就使他更希望得到个人的幸福。

填塞这种精神裂口的是官僚主义者——道学家。

在我们这个时代，各种各样道德上的丑行，当然啦，并不比旧时代少，不过有一道明亮的新的光辉，而不是从前那种晦暗的光，现在有时会照射到丑恶的行为上。

这光逐渐增长，逐渐扩大，早晚会创造出新的文化，那里将会出现真正的新人。

破折号

当你读从古代开始的文学史时，自己就会变成这一全人类过程中如同破折号那样一个符号。

正是由于这种羞怯感，许多人未能成为作家。而另一些人：教师、饱读诗书的人、批评家们，他们瞧不起敢于把自己放在宇宙中心的真正作家。

神圣的直线

共同性和形式的多样性既是由艺术家作品的风格，也是由作品的内容构成的，而照我的理解，这共同性也就是一条神圣的直线。

在青年时代，我曾相信，人类的进步如同轨道一样，是一条简单的直线。后来，和大家一样，遭到了幻灭；于是由于向下拉的向心力和使我们冲向直线的离心力的合力，整个世界以及世界上的人类都开始转动起来。

现在我开始相信，在爱生活并赞扬生活的时候，只有像青年时代那样，相信并希望有朝一日会走到直线上去，才能够和活着的人们交往。

给读者

善——这是生长在肥料上的花朵。

善、爱、美，并不在人的心灵里构成一个特殊领域，而是在完满地结束我们中每个人所走的道路，如果我们的方向正确的话。

我的传记

人们有共同的智慧，人也有共同的爱：大家都是这样爱——全人类都是如此。善也是这样；信念也是共同的：一个人相信，另一个人相信。但我这个人，个人色彩是如此强烈，就连这种对大家来说是共同的、我自己尚未感受的东西，我也把它当作个人的。

和这些通过我而变成个人的、人类的共同品质一起，人民性和大自然也变成了个人的。

也许，由于诗的关系，每一个诗人都会使共同的东西成为个人的，而诗的本质也就在于此。

我在青年时期顺利地成了几篇作品的作者，这些作品还不错，并且得到了承认。成为一个作者的幸福使我感到那样喜悦，以致我怀疑，每一个工人，每一个农民，每一个手工艺人，每一个人都可能是一位作者，并从这一观点出发议论世界上的一切。

这就是我的真正的传记：用它来表达艺术家的行为这一主题。（作为行为的形象的艺术）

公民的职责

对于一个艺术家，完美的形式也就是从事各种职业的其他公民认为是自己公民职责的东西。

有些艺术家尝试创造缺乏公民责任感的形式，这种尝试被公正地斥责为形式主义。

不朽的作品

美是导向永恒的，但当一个艺术家需要和它一起走向人间时，他应当了解那是个什么时候——人们是在办喜事呢，还是在办丧事。

艺术家应当感觉到永恒，同时又是一个当代的人，没有永恒感就不可能有不朽的作品，没有现代感，一个艺术家就不会被人承认。

在街上

莫斯科光辉灿烂。小姑娘们已经在跳绳了。一小群面色阴沉的男孩子正在赌钱：小孩子赌铜币，大一些的赌银币。

有些房顶上又看到了猫，像吃饱了的时候那样，更让人高兴的是出现了鸽子。

我们的战争年代在很大程度上夺走了孩子们的童年。孩子们变聪明了，能看给成年人看的书了；而我们，一代新人的教育者，却不应该利用这种情况。

我们应当这样写作，尽可能把孩子们的童年还给他们。

诗的来源

现在所有文学作品都是这样写的：似乎所有的读者都是孩子，而且要向他们回答孩子提出的一切“为什么”。需要提一个旁的问题，让回答引导出的不是知识，而是诗意。

有人问小树：“你为什么生长?”

另一个人问小树：“谁是你的爸爸和妈妈?”

小树用它那黄色小圆圈似的花心和白色光芒一般的花瓣回答：“我的爸爸是太阳，妈妈是大地。”

私有财产的起源

当一个人着手去做什么的时候，他必然把自己的想法瞒着别人，这样来保卫自己的优先权，犹如保卫他进行创造的必要条件。最有可能的是，在人堕落的情况下，这种生气勃勃的优先权变得毫无生气，于是蜕变为私有财产。

关于庸俗

勃洛克和其他“颓废派”一样，对庸俗怀有一种病态的敏感。(“庸俗的就是庸俗的”)在他们那里，庸俗似乎就是个人能够感觉得到的光的阴影。

“颓废派”痛恨庸俗，在某种程度上是有利害关系的，似乎他自己就是来自这个卑鄙的世界，所以现在要避开它。

在我身后

所有艺术家，在最初一段时间里都是靠赞许而生存的，并满足于这样的“荣誉”。以后，他活得比自己的荣誉更久，于是就不以同时代人的意志为转移，而成为一个独立的人了。（“以这种方式，我对于人民很久都将是亲切的”）

所以生活本身可以分为：①现在，与我同时的生活以及，②在我身后。

起源和逻辑

民族的形式——这意味着：就起源这方面讲，人们之间的关系。社会主义的内容则意味着逻辑的关系。从孩提时代起，我们俄罗斯人就在自己身上体验到这两种关系的斗争：希望和需要的斗争。民族关系、遗传关系的旁边是逻辑关系，国际关系：人对人应该获得一种新的道德根据。

布尔什维克的出现，就是为了给各民族之间的逻辑关系提供道德根据。

一切诞生的东西，是它自己自然而然诞生的；引申出来的一切（或是作为逻辑结论来到世界上的），则是为了实际效用而被引申出来的，与个性毫无关系。

发　现

为什么一个地理学家发现一个新地方，会热烈地希望，在他去过以后，大家都到那个地方去呢？

作家的艺术虚构也是一样，他虚构出我们生活的一个新地方，与此同时必然会产生一种不可遏止的愿望，想要带着这一发现到人群中去，向他们宣传这一虚幻的、但同时却能证实作者面貌的东西。

未被发现的地方

发现一个新的地方，把它变作自己的，或者找到一位姑娘，使她成为自己的妻子——这就是青年人的心：贞洁的少女和未被发现的地方。

我的忠告

就是弯曲的钉子，也能把它弄直，只是以后敲打它的时候，需要格外小心，因为在那个脆弱的地方它还会弯曲。

人有时也会受尽折磨，弄得他精神那么颓丧，意志那么消沉，因此对待他需要极端小心谨慎。

伪善，这就是：不是在自己的良心面前，而是在别人面前衡量自己的行为。

浪

通常我们所说的，都是在我们之前人们已经想过和说过的东西：我们是在重复这些思想，把它们一个接一个地从一个人那里传递到另一个人那里去，犹如波涛起伏一般。

但如果我们有一个从来未曾有过的想法，那会多么热切地希望把它讲给人们听啊。想要把自己的波浪带到人间，让人们重复它，如同大海中的波浪，一浪接一浪地奔流不息，这种热切的愿望大概就是促进艺术发展的动力。

机会的规律

自然界里一切都有它自己的顺序。不过，在春、夏、秋、冬这些看得见的顺序里，还有一种我们不大了解的顺序。

当事物这一进程的某个环节也能被我们看到的时候。我们就把这个环节叫做机会。

沉睡的幼芽

注意力——这是心灵的主要营养器官。每个人都会在自己身上发觉，注意力是怎样抓住某一特殊事物，把它安置停当，于是它就被保存起来，丝毫也不会使记忆力承受过重的负担。简单地说，直到注意力遇到某种事物，把思想从类似植物沉睡的幼芽状态中唤醒，在此之前，我们根本就没有去想它。

于是转瞬之间，这两者结合在一起了；这一思想上的发现有时是如此鲜明，以致使人拍拍自己的前额，自言自语出声地说："啊，原来是这么回事!"

注意力是心灵的营养器官，对各种心灵一视同仁——不管是伟大的，还是渺小的。区别只在于，当有所发现的时候，伟大的人会怀着感激的心情额手称庆，而渺小的人却弹一弹手指，吹一声口哨，赶紧去追求他要猎获的东西。

艺术家有一种特殊的注意力，每当有什么值得注意的东西进入他的心灵，它就停留在那儿，昏昏入睡，被保存起来，好似沉睡的幼芽，直到它所期待的事物来临。而当它，所期待的事物一旦到来，沉睡的幼芽就要醒来了。

真实的材料互相结合，就会引起喜悦的火花爆发。

给翻译工作者

各民族互相接近的过程，不可避免地通过翻译导致各种语言的相互接近。属于某一民族的每个作家，他所面对的不仅仅是一个民族，而是许多民族的统一体；不可避免地，在他自己这个民族范围之内，他应该力求使语言简化，易于翻译。

我有切身的体会，我懂得，要像列夫·托尔斯泰所做的那样，使语言简化。

不过，为使民族的艺术语言获得胜利，也就是说，为了使它沿着走向统一的道路向前推进，在民族语言和报刊语言之间必须有一道严格的界线。

读者和作者

创作的成就取决于：①材料与读者接近的程度，②材料与作者接近的程度。读者和作者喜欢的是同一事物，不过他们之间的区别是：作者与他所喜欢的东西离得更近，他看到的更多，能够更多地谈论它，甚至能打开别人的眼界，让他们看到他们本来看不到的东西。

你倒试试看去搞清楚吧

我们称之为才能的这种东西，单独的个人分摊到的是那么少，不过每个人必然会多少分摊到一些。于是产生了对这种东西的需求；而它自己却时而突然燃烧起来，以创作的喜悦之光照亮周围的一切，然后很快烧尽，主人却一无所得。

政治经济学应该创造这样的可能性，让每个人的才能不致白白地燃烧，要让他能发挥其聪明才智，去做有益于他人的工作。这样说说容易，可是你倒试试看，去弄清才能是怎么回事吧！你去猜猜看，该给谁增加一些，给谁去掉一些。

理　想

黄色的金合欢花开得十分茂盛，丁香花也散发出阵阵芳香。我又闻一闻丁香花枝，于是又产生了这样的猜测：我的生命的本质是什么，一切事物的本质又是什么？一感觉到这个问题，我又急忙想从花儿上嗅出问题的答案，可是再一次一无所获。

只是这一次我想，大概四十年代唯心主义者的理想，就是这样从鲜花里产生的：他们闻一闻丁香、铃兰，于是就把在这些花朵里闻不到的东西叫做理想了。

我还记得一位小姐曾经争辩说：“理想是不可能达到的。”

另一位回答：“既然它不可能达到，那么这叫什么理想，我们还要它干吗呢？”

然而如果假定理想近似花香，那么要知道，就连最粗野的，不大开化的人也能领略花香的妙处。甚至如果想象一下，头上长角、脚下有蹄子的畜生，就连它闻闻花香，也会陷入沉思的。

加里宁

我的一位女朋友会见加里宁的时候，称他为爱真理的人。

他回答她说：“真理归真理，只是我并不是爱真理的人，倒不如说是一个寻找自己幸福的人。我生在农村中一个农民的家庭里。这个村庄旁有一座庄园，里面住着些生活过得很好的人。我是和地主的孩子们在一起长大的，和他们很要好。

“我看到了他们的幸福，也想为自己获得幸福。但在我们乡村的条件下，自己能够幸福吗？通向幸福的道路——在我们那里，这就是富农的道路。我却希望让大家幸福，免得只为个人获得幸福，让人感到厌恶。再说，单独一个人也不可能获得幸福。

“所以，我哪里是什么爱真理的人哪——我只不过是希望为个人的幸福创造条件罢了。结果，为此在沙皇统治时期，我一生的大部分时间是在监狱里度过的。”

母亲

女邻居不久以前生了米沙。现在她整个身心都沉浸在母性之中，只差一点儿没有对所有的孩子们说：

“你们多得很，孩子们多得很，我不能爱所有的人；不过我的米沙是独一无二的，所以我爱他。”

可见，独一无二的(“在自己的同类当中”)和无法取代的个人，来源于母亲。我是不能由别人代替的，关于这一点的证据，是我母亲给我的；对于她来说，我是独一无二的；而且由我母亲生下来的我本人，也仍然觉得，我自己这个我是独一无二的，无法取代的。可见，个人的起源是遗传性的。

与此相反，一个人可以由另一个人取而代之，这一理论有其逻辑的根源：所有的人都属于这个集体：我是个工人，这就是说，我是可以取代的；正如一个齿轮可以取代另一个齿轮一样。

给勿抗恶主义者

一个人牙齿露在外面是不美观的，不过这绝不意味着，没有牙齿是美观的。

童话

世界是由两种力量形成的，一种力量发生作用的范围是相似，另一种是差别。在相似这一范围内行动的，我们把它看作规律。在差别领域里的——看作个性。

一切事物，死亡时都是在相似的范围里，诞生时则是在差别的领域。这一切在关于活水和死水的童话里都已经说过了。

对教诲的畏惧

一切教诲都包含有无上命令——从育儿室里保姆的教诲到国家的教诲。

当我在文学领域里还是个婴儿的时候，我对教诲怕得要命。刚一想要把小说引导到某种教诲上去，它的全部魅力立刻就消失了。但教诲只是对婴儿才是可怕的；现在，达到了文学上的成熟期，我在自己的小说里玩弄教诲，简直不费吹灰之力。

故 乡

我以为，高尔基《童年》中的外祖母，是俄罗斯文学中一个最成功的象征我们故乡的形象。心里想着“外祖母”你就会十分清楚地了解，为什么我们总是用妇女——母亲的形象来代表故乡；于是立刻想要记起，有谁也曾在俄罗斯文学中如此完美地表现我们的故土，不仅把它当作母亲，而且当作我们父辈的土地——当作我们的祖国。

一个人诞生时，是从黑暗的娘胎里向一个光辉灿烂的地方移动；一个真正的人一生都在向前移动，继续自己的旅行。正是因此，所以对故乡的感情并不仅仅是爱自己的诞生地，而且还含有志在远方的意思。

然而种种旅行，即使是最远的旅行，都将这样结束：一个人回到自己的故乡，用自己的发现来丰富它，扩大它。

艺术家的母性

有一种特殊的生活的母性感情，会产生栩栩如生的形象。从这种感情的观点来看，每一种思想都会变成形象，不管手写得多么难看，笔在劣质的纸上怎样弄得墨水飞溅——形象却在产生，而且将获得生命。

还有一种取代母性感情的技巧，借助它的力量，只要你想写，就能够写作。不过这一切并不意味着艺术家不需要技巧，它对艺术家是必不可少的，但有一个条件：要服从母性感情。

笑的能手

如果你想笑出眼泪，笑痛肚子，笑得跌倒在地上，那么除了笑你自己，还能笑什么呢？因为一切行为的反面，可笑的一面，在这儿一应俱全。

但我们不笑我们自己个儿——这是不可能的。有一条出路：把别人当作自己的笑料，指出可笑的东西，瞧着它哈哈大笑。我们的果戈理就是这样笑的第一能手。

美

善本身不会显示自己，并使我们信服，除非有美的光辉照耀着它。所以说，艺术家的事业就是摆脱美丽的邪恶的诱惑，使美成为善的太阳。

我的主人公

“真正的人”——这就是我未来的小说中的主人公；他是由我的朋友奥一科、苏沃洛夫、卢梭、傻瓜伊万、堂·吉诃德的形象和我们内心里童年的感受、大自然的感觉，以及对生活和爱的信念的自我感受结合在一起的。

真正的人——这就是在为真理而斗争的事业中机智灵活的人。这同时也意味着，这样的人在行动的决定性关头，不需要到书架上去查阅书本，不需要去请求首长发给一纸证书，委任他去搭救一个快要淹死的人。

正是真正的人在发动革命，在我们这里，这就是列宁。

在童年时，我们听到人们把最好的人都叫做聪明人。每当人们谈到某个“聪明人”时，我们就会对这个人怀有敬意。但如果在一些伟大的名字中：如康德、斯宾诺莎、达尔文，或者还有什么旁的人，如果在他们当中去寻找我们童年时所理解的那种“聪明人”，可能在这些伟大的学者中，我们连一个“聪明人”也找不出来。

现在我们懂了，在我们那个时候，聪明人是指衷心关怀别人的人，这并不单纯是善良的人，而似乎是指能够行善的人；而且也并不单纯是好心肠的人，而是指知道该把善送到谁的手里去的人。

真正的人就是我们所说的“聪明”人——在为真理而斗争的事业中机智灵活的人：苏沃洛夫、列宁。

真正的人也就是普通人（“聪明人”），他整个身心都和生活密切相关，他来自生活，并创造生活。

脱离现实生活的人

有一个树墩，已经完全腐朽了，所以蚂蚁毫不费力就住了进去，犹如搬进一所现成的住宅。然而，后来发现，蚂蚁住在树墩里太拥挤了，于是它们又在后面造了个看得见的蚂蚁窝，形状像一幢倾斜的附属建筑。

树墩腐朽得实在太厉害了，所以一坐，它就变了形，稍稍塌陷了下去。

大概，当树墩塌陷的时候，蚂蚁都丧魂落魄，惊慌失措了！它们是怎样开始纷纷逃窜的呀！

但有很久我的思想一直在向前疾驰，比蚂蚁跑得还快，我在用铅笔全力追赶它们。

突然……

我不知道，为什么我的头脑里突然出现发生一场灾难的想法：是不是因为我的思想已经无力奔驰，所以蚂蚁赶上了我呢？

大自然不能幻想，为了幻想，人建造了书房；我因为带着自己的幻想来到大自然近旁，于是受到了惩罚：我的思想变成了蚂蚁，它们在咬我，把我赶回书房里去。

大概这就是世界上为什么会有一些待在书房里的人（脱离现实生活的人）吧。

心中的秩序

我走进潮湿的森林。一滴水珠从一棵高高的枞树上面落到紧紧环绕着它的羊齿上。由于水滴，羊齿颤抖了一下。这引起了我的注意。在这以后，那棵老树，那皱纹累累、仿佛被犁过的树干；那生气勃勃、如此敏感的羊齿，由于一滴水珠就弯下腰去，互相喃喃低语；还有周围浓密的景天地毯——这一切都秩序井然，形成了一幅画面。

于是那个老问题又出现在我的面前：是什么在我面前创造了这幅林中的图画呢？是落到羊齿上的水滴吸引了我创作的注意力，还是由于我心中的秩序，这一切才井然有序，形成一幅画面呢？我想，这天早上心中秩序的幸福感是基础，落下来的水滴引起了我的注意，于是内心里的秩序引出了一幅图画，也就是外界事物按照内心里的秩序排列起来了。

读阿克沙科夫[1]的作品

我深入地阅读阿克沙科夫的作品，在这部书里发现了我个人的生活。这真是一位幸福的作家！

我完全像在读一部新书：这就是说，时候到了。

过了一百年，这是多么好哇！我的思想跳到了我自己的《小圆面包》[2]上，——时间也不少了：五十年！可见有些作家的影响，需要以其深度来衡量（sub specie aeter-nitatis[3]）；而对另一些作家，则要衡量其广度：立刻对大家发生影响，但影响是短暂的。那些受影响的人，有的是匆匆而去的过客，有的人却会留下。

根据影响的广度和深度来区分作家，这并不是说分为肤浅的和深刻的，而只不过是分作影响现在的和影响将来的；这样的区分使我不再轻视影响短暂的人们，消除了我的自负心理；而轻视别人和自负，对于生活都是十分危险的，特别是在我们的时代和我这个年纪：这是一条通向老年人的唠叨不休和怪僻的道路。

理想的是像普希金和列夫·托尔斯泰那样，二者兼而有之，把广度和深度结合起来。

---

① 阿克沙科夫（1791—1859），俄罗斯作家。主要作品有《家庭纪事》（钓鱼札记）等。

② 发表于1908年。

③ 拉丁文：在永恒的标志下。

阿克沙科夫和果戈理

在《死魂灵》的第二部里，果戈理试图在外界找到与他内心的秩序相适应的秩序，然而他自己内心里并没有秩序。(魔鬼欺骗了他)

恰恰相反，阿克沙科夫心中却有一种固定的秩序，因此他的画面是和谐的，它本身包含着艺术家的行为，犹如包含着形成画面的原因。

看过谢·季·阿克沙科夫的作品以后，我心中仍然保留有这样的愿望：要像他那样写作，完全朴素无华，但不是像他那样写他自己的事，而是写一切想写的事物。总之。他的才华是静止的，好似长在花茎上的绚丽的花朵。我却希望我的、即使是较为朴素的花朵，能像蝴蝶那样，从一个花丛飞到另一个花丛中去。

我好像觉得，在几篇短小的故事里（例如：《小鹅》《老太婆的天堂》，等等），我已经做到了这一点，而《太阳的宝库》则是蝴蝶向山雀那样更大的东西跨出去的一步。

光和影

树向着太阳，于是由树上投下阴影；向往荣誉的人则会产生羞耻心，而羞愧可以证明有名望的人的健康状况：越是有名，他就越觉得羞愧，这就像树冠越密，阴影也越浓一样。

思想——发现

表达思想，犹如地理学上的具体发现。

所以说，莎士比亚好比大陆，而我，比方说，却在发现一些奇妙的小岛——被大洋淹没的、伟大的大地的见证者。

对文学界的状况，人们是这样理解的：缺少普希金。似乎普希金是个什么老爷：“我们的老爷来了，老爷要来评判我们了。”

真 理

真理——这意味着人身上良心的胜利。

“您认为真理就像一座屹立不动的山岩，或者像一头奶牛吗？真正的真理是生气勃勃的，它和一切有生命的东西一样，在为自己开辟道路，好似一堆废物之中一棵春天的青葱的幼芽。

“堂·吉诃德像钉钉子那样把真理钉进自己的头脑里，而真理却像春天里一堆废物当中的青葱的幼芽——看着真叫人感到惊心动魄，这是一场什么样的斗争啊！时间流逝，一切都将绿化——真理终将获胜，真理的世纪终将来临。”

我们之所以是同时代的，是因为我们大家都被某种思想联结在一起。每个时代都流行一种特殊的思想，其中包含在这个时代里我们该走的道路。

能不能认识这一思想呢？这是个问题。但每个人都能用心灵感觉到这种思想，就像感觉到我们的道路一样，只要他想看看自己的良心；而对我们真正的道路的感觉，有良心的人就称之为真理。

可是，当然也有没有良心的人。不过谁没有良心，他也就多半没有真理。

行 为

有时候，你在精神世界里找到一种新的、未曾有过的东西，于是想要弄清自己所走的道路，怎么走的，怎么找到的，好把这条道路在自己身上确定下来，或许还要把它当作通向新世界的道路，当作一种行为，奉献给大家。但要在自己的这一幸运中寻找适用于大家的行为，却是徒然的：每一发现都要求一种特殊行为，正如每一个新生儿都是在一种特殊的、前所未有的场合里见到他的父母一样。

所以现在我们认为，不可能有一种对大家都适用的行为；不过对每个人来说，他的行为都是对于大家的行为，这一点却是必然的。

哲人们

大海深处一片沉寂，那里还不是一团黑暗，从那里能够清清楚楚看到上面波涛起伏，怎样互相碰撞，怎样被摔得粉碎。

生活中也有这样宁静而透明的深处，哲人们就住在那里。

胜 利

黑麦已经抽穗，麦穗长得真好，有些已经在开花了。远远看见麦穗中的一些巨人耸立在高高的麦秆上，小麦穗则在阴影里眯缝着眼睛。田里看不到大小完全相同的麦穗和高低完全相等的麦秆。但整片麦田是平整的，高的并不责备小的，小的也不嫉妒高的。

每个麦穗，每根麦秆，全是这样高低不齐，它们在向我们展示它们争取生存的共同的伟大斗争，争取更好的事物的斗争；但高大的、正在扬花的黑麦麦田，整片平整的麦田，正在向我们证明胜利。

我望着黑麦，于是看到了新人的田野。我心中没有对弱者的特别的怜悯，也没有对大人物的嫉妒心。我只是很希望自己能长得更高，成为全人类田野里我们的事业获得胜利的见证人。

形象的诞生

常有这样心不在焉的瞬间，以致会把近在鼻子底下的蚊子当作远方的飞机；也有时恰恰相反，把远方的飞机当作近处的蚊子。

我们每个人都会有这种情况，而根据自己的经验，每个人都会认识到这一点：当我们觉得蚊子好像飞机、飞机好像蚊子的时候，我们是在失去某种东西。而同时却以牺牲认识的准确性为代价，我们会获得令人信服的、真实的形象。

喜悦的诞生

我经常注意共同性和多样性的规律，或者是相似和差别的规律。(在某种事物中一切都是相似的，在某种事物中一切都有差别）这也是创造生命的基本规律。(男孩子还是小姑娘？像谁?)

典型，这就是相似；个性，这就是差别。人民的语言是相似，个人的语言是风格；每个人都有他自己的语言。

大家和每一个人。每个人都是以他自己的方式达到大家（在社会上）所处的“地位”。

写作是达到每个人所处的社会地位的途径：承认自己的个性。

林中的黄昏

Л. 下了汽车，消失在树林之中。我用胳膊肘撑在汽车上等她回来，并力图观赏这阳光灿烂的、美丽的林中黄昏。夕阳的余晖穿透树林，斑斑光点照亮一棵棵树干，但不管我怎样注视这些树干，我看到的却只是没有任何内容的树林表面上的美。

突然间我明白了，艺术品的内容只是靠艺术家本人来确定的，内容就是艺术家本人，就是被置于某一形式之中的、他自己的灵魂。

我记起，我曾经在一位法国画家，是科罗[①]呢还是米勒[②]的作品上看到过这片树林，欣赏过它，但它对我本人却是陌生的。

……但明快的夕照中突然飞出一小群鸣禽，腾空而起，飞往暖和的地方，开始它们的长途迁徙。于是对我来说，树林有了生命。仿佛这群鸟儿是从我心中飞出来的，这树林则成了秋天里向温暖的地方迁徙的鸟儿们的幻梦，这群鸟就是我的心灵，它们向南方迁徙则是我自己的行为，正是它构成了这幅图画，描绘出一幅夕阳的余晖穿透秋林的美景。

典型寓于相似，个性存在于差别之中

每个人都有他自己的个性和自己的品行。对个性进行分类的尝试是不会成功的，因为个性就是表示一个人和另一个人的差别，这就是独特的、独一无二的个人的特性。

---

① 科罗（1796—1875），法国杰出的写生画家。

② 米勒（1814—1875），法国著名现实主义画家。

人们只能根据他们自己的看法来评论我，而不能采用另一种方法；然而我所以是“我”，就正是因为我身上具有某种别人的经验里所没有的东西，直到我作为经验的材料被他们完全掌握。

社会靠典型支撑着，但却是靠个性在运动的。

典型是沉淀下去，而个性是突出出来的。

我还思索过自然界里相似的法则和差别的法则；从相似的法则的观点来看，一切有差别的东西都不合法；而从差别法则的观点来看，则一切相似的东西都是非法的。

我会怎么做

在作家协会里，短篇小说遇到一场大灾难。我回答他们说，我们这里，长篇小说的灾难也并不小，它已经变成特写了；我说，需要提倡的不是体裁，而应该宣传共产主义；如果我再年轻些，我就要宣传共产主义——不是在机关里，而是在自己家里——这样，和借助提倡体裁相比，结果会更好些。

高高的树

山在升高，山上的树也在长高；山升高一些，树也长高一些，就这样一直越来越高。这时山停止升高，树却变得更高了。从下面看，似乎觉得，树几乎顶着天空，只差一点儿云就要碰到它了。

这样一来，高的所有功劳都不归它，不归山所有，而全部落到了树的头上。

人的节日

人有工作的思想，也有过节的想法，或者说幻想。科学主要是由工作的思想形成的；在艺术领域里，居首位的是过节的想法。

试金石

创作中总是含有当代的感情，它为作者带来最大的喜悦，使他产生希望：一定会受到朋友的注意，获得朋友的同情。描绘大自然，与此同时，在非现代性的事物中发现现代性，这是作者特别难以掌握的。

以非现代性的事物为题材的小说里暗含有现代精神，也许这就是真正创作的试金石吧。

普通人

普通人能忍受一切坏事，仿佛他所以活在世上，就正是为了忍受一切。因此如果突然幸运来临，他就会高兴，表示感激。普通人就是这样生活的：如果看到路上有什么地方对他不利，他就想方设法排除对他不利的东西。

他边工作，边前进，给旁人留下松明、火柴。这时，有另一个人来了，什么都已经为他准备好了。于是他满心喜悦，表示感激。而临走的时候，他又为旁人准备下一切。

创作的秘密

创作的秘密应当在爱中找寻。我们大家都记得，我们之中有谁在恋爱的时候，往往觉得，世界上所有的人都是好人。可见有一种思想——不是思想，而是心灵、智慧和意志的某种统一的东西。

如果你在自己内心深处发现一种思想，那么它，这种思想，到处都在——你往森林里瞧，那里的树叶和小鸟都在用它们自己的方式谈论着它；你望着一条大街，那么人们都在悄悄耳语，互相谈论那个想法；甚至如果你用望远镜细心观察，那么在那里，处处，在一切事物里，都像你自己的心里一样。

创作的实质，它的最深奥的秘密就在于，为了大家，在自己心里找到这一思想。

没有空

一个徒步的旅行者在田野上走过，向正在干活儿的人们问路。

“我没有空儿，”一个妇女回答。

而一个农夫却丢下农活儿，把旅行者领到了大路上。

打从那时候起，农夫们都是干一阵子活儿，休息一会儿，而女人不管干多少活儿，却总是没有空儿。

自由和必需

当我还是一个小作家，还没有发表作品的时候，我经常把自己的短篇小说念给有耐心听我读的人们听。我恳求每一个人，硬要请他到我家中做客，因为我自己不能从一旁观看自己，需要请别人从一旁看看我——希望在这个别人身上找到自己的朋友——读者。

所以说，光写作是不够的，还必须为自己找到友人。这就是我要恳求每一个人，硬要请那些我不认识的人到我陋舍中来的原因。渐渐地，他们当中出现了我的友人。而当我通过他们，胆大起来，把自己的作品送去发表，我不认识的人也变成朋友的时候，我像一个孩子。开始独自行走，也不急于邀请不认识的人到我的陋舍来了。

这时，我在语言艺术中获得了每个人的日常生活里都享有的那种自由。

但在日常生活里，这种自由犹如干旱土地上的一滴水；而这里却只有光，没有足够的土地来容纳完全自由的语言。

作家的悲剧就在于此：没有足够的土地让他享有充分的自由，做他想要做的一切。

请看看一切伟大的语言创作者吧，您就会看到，每一位伟人的高度都始于深深扎入地下的根，而完全自由的语言则被禁锢在对土地的无情而严峻的必需之中。

请观察一下在光中生长的任何一棵树吧，那么您就会记起，树木向上生长，向着天空运动，以及它借助风和种子在地面上向远方扩展，都是按照一定的规律，而这些规律在人身上则可以称之为行为。

乡土的语言，自己个人的语言（风格），语言学。甚至连天才，都不能决定一部著作是否能够不朽，如果语言艺术家的心灵里没有构成不朽的行为的话。

北极圈里的蜜

拉吉昂诺夫讲述了他从奥克斯克草地运了一百群蜜蜂到北极圈里去的

事：他六月底出发，八月里，在冻土带，每群蜜蜂就采集了两普特[①]蜜。拉吉昂诺夫的旅行可以作为一个例子，说明就是在我们这个时代，也是可以跟着自己的小圆面包[②]走的。

认为我自己写得不错——在刚刚写完的头一瞬间里，这对每个人都是自然的，也是必要的。这表明他是以整个身心全神贯注地从事自己的工作，说明他是一个正直的人，他为他自己负责。

特　写

一个关于改造自然的想法进入我的脑海，我希望用富有诗意的方式来表达这个想法。举例来说吧，如果以造林为题材，那么在森林长成之前，不可能真心诚意地写出植树的诗篇。一般说，要描绘未来，只能利用公式和图纸。

要求作家去参加新的建设工程，对他来说，特写的形式也许是唯一的出路。

光和阴影

我觉得我的小说里主要的观点就是光和阴影的哲学，而且现在懂得，所有人身上都有光，每个人身上都有阴影；也就是说，人的脸是由光和阴影的斗争形成的：如果没有阴影而只有光，那么人就不会有脸，而成为一

---

① 每普特等于16.38公斤。

② 小圆面包：普里什文在他的一篇游记《小圆面包》的序言中说：他这次到北方去，就像民间故事里的孩子跟着小圆面包那样，是漫无目的，走到哪里就算哪里。

些大饼了；如果没有光，一切就都要没入黑夜之中。

我到森林里去，研究光和阴影在枞树上的分布情况。

死

所有的孩子都不会想到死，都好似会长生不老那样活着，而孩子们真是够多的了！有许多成年人也像孩子那样生活，也有许多成年人是怀着“豁出去了”的心情，还有相当多普通的哲人，他们甚至说，对于自己来说。死是不存在的。

不过即使死亡对于自己是不存在的，但我们都会作为旁观者看到它，并为此而战栗；而当送别死者的时候，我们相互之间的关系就会更加密切，彼此也会更加亲近。

所以，死亡的意义是不是就在于此呢：为了使我们相互亲近，结合为统一的人类。完全深信，如果大家结合在一起，这样，对死亡的恐惧就将消失，这样，死亡的末日即将来临，死亡本身也就会寿终正寝了。

生活的欢乐

从前，我曾在沼泽地上漫步，仿佛感觉到，我脚下的什么地方，有一些尚未发现的地带，它就在大地深处，在这座太阳的宝库里，那里千年的泥炭层中，为未来的人们贮存着火。

而现在，在暮年的时候，我常常想到我的祖先们，想到那些谦逊、质朴而愉快的人，正是他们给我留下如此巨大的生活欢乐的储备。

长脚秧鸡

昨天瓦夏送给我一只长脚秧鸡。今天早上黎明时分，我把那只鸟儿从笼子里拿出来，打开窗户，高高地把它抛了出去，它，一身黑色的羽毛，展翅高飞，愉快地飞过河去。

这时我却在想："为什么它飞了，而枞树却一动不动地站着呢？虽说它们也是有生命的。"

想了一会儿，我自己回答自己："是不是因为枞树是直接靠土地生活，直接以水和光作为自己的养料，所以它们都站在原地不动呢？而鸟却不能直接在原地觅食，它需要吃活的东西，它在寻找食物，因此总是在动。"

阶梯式的智力

不，作家的智力不是阶梯式的。恰恰相反：正是作家能以最快的速度掌握生活中的一瞬间；只是他的动作十分复杂：要把被掌握的这一瞬间安置在某个形式里，需要经过长时间的动作。

不过就道德方面来说，掌握不停变动的一瞬间，并把它安置在一个形式里，这和从水里救出一个快要淹死的孩子，是完全一样的。

从未有过的

在语言艺术中，最困难的就是自己作自己的评判者。

这可能吗？

自己对自己能够进行评判的，只有往事，只有当你能经受得住自己的评判，而且把自己的一切看作已经有过的事物的时候。

但如果你自己的心灵在作品中是作为从未有过的事物出现时，你怎么能自己评判自己呢？

而这是理所当然的：所以说“心灵”，就正是为了邀请从未有过的、唯一独特的事物光临这个世界。

我们的世界是在运动的，新事物不断涌现，并作为已有的事物而固定下来；从未有过的事物又来了，于是我们又去迎接它，但大概并不是大家都去迎接。

例如，我们在某个时候诞生了，人们在欧洲和美洲诞生了，但我们不知道美洲：美洲是本来就有的，不过对于我们来说，过去它似乎并不存在。而当发现了美洲的时候，那么只是对我们，对欧洲人来说，这是个发现，而对于全人类，美洲是不存在的。

还有我们现在的原子和元素：电子、氦以及所有这一类的东西，都是世界上本来就有的。

不过我们能说出许多在我们之前世界上不曾有过的东西：在物理学家列奥弥尔[①]诞生之前，没有列氏温度计；在法国医生吉约廷[②]之前，没有断头台。

让我们把新世界上的一切财富分为发现已有的事物和从未有过的事物的到来。如果我们这样讲妥了，那么。对一切已有事物的未知因素，我们都称之为自然界；而在每一从未有过的事物到来时，我们将寻找唯一独特

---

① 列奥弥尔（1683—1757），法国物理学家。

② 吉约廷，法国医生，断头台的发明者。法文中“断头台”就叫“吉约廷”。

的、不能取代的、人类的心灵，作为它的动因。

人——这就是自然界中从未有过的事物和泉源。

原子是本来就有的，但掌握在人类手中的原子能却在起着从未有过的作用。娜塔莎·罗斯托娃[①]是本来就存在的，但在托尔斯泰笔下，她却好似从未有过的一样，因为支配她的，是一个唯一的、独一无二的人——列夫·托尔斯泰的心灵。

当然，自然界本身也在变化，但变化是如此之慢，以致只能用我们的世纪来衡量它的生命。一般说，我们可以认为，自然界里的一切都是已有的，这已有的一切，可以称之为自然界；而从未有过的一切，可以认为是由人类的双手造成的。

如果完全撇开自然界中的任意变化这一微不足道的因素，认为人是一切变化的原因，是从未有过的事物的创造者，大体上说，我们的看法是不会错的。

自己的过错

自己能做的，就不要寻求别人帮助；也不要抱怨人家，如果对自己感到怀疑：这是不是我自己的过错，是不是我自己错过了什么呢？

名字

为什么一切新事物一定要寻找人类的名字，就像断了腿的人寻找拐杖

① 娜塔莎·罗斯托娃是列夫·托尔斯泰《战争与和平》中的女主人公。

一样呢？……曾经有一位叫茹科夫斯基[1]的诗人，于是有一个时期，有一条街成了茹科夫斯基的，也就是说，那是诗人居住的街道。但后来人们把诗人变成了拐杖，把那条街命名为菇科夫斯基街了。这样，福特变成了汽车；物理学家摄尔西雅[2]和列奥弥尔变成了温度计；吉约廷变成了断头台。

伴随着一切新的事物，总是要发现一个名字。

我们往往把某一新事物同时看作从未有过的东西，这是完全不正确的。在大多数情况下，新事物过去就已经有了，或者经常存在；它所以成为新的，只不过是因为给它取了个名字罢了。

就连这样的事也是新鲜的：它已成为每个人日常生活中的行为，不过自己没有注意；而一旦它被说出或被人描写出来，就会对语言艺术家的才能和技巧惊叹不已，而实际上他只不过是善于给日常生活取个名字，只不过是会给它穿上语言的外衣而已。

就这种描绘日常生活的才能来说，我们的列夫·托尔斯泰是出类拔萃的。

幸福的一对儿

两棵松树，一开始时都是弯曲的，后来在一个地方像膝盖那样打了个弯，于是两棵树互相紧靠在一起，从此就紧紧地挨着，中间只隔一条很细

---

① 茹科夫斯基（1783—1852），俄罗斯诗人。著名作品有故事诗《柳德米拉》（1808），《斯薇特兰娜》（1811），《十二个睡美人》（1817）等。

② 摄尔西雅（1701—1744），瑞典天文学家、物理学家。

的缝隙，一起笔直地向上生长了。

由它们，我想起了许多好人的生活；并且想，世界上有许多这样一对对幸福的人，他们是那么多，以致我们都没有去注意他们，大家却不知为什么总是在追求悲剧。

两棵老桦树

从一棵树根上长出两根桦树的蘖枝，长到一人来高，用我们的语言讲话了，一根说：“我要照自己的意思生长。”

另一根回答说：“我也一样!”

由于糊涂，它们就分开了。于是在同一个树根、同一棵树干上，一人来高的地方，长出两棵高高的桦树，中间形成了一个角度。

这样过了百把年，风带来了砂土和形形色色的灰尘，落在两棵桦树分叉的地方，于是在两棵桦树之间这一小块土地上长出一丛接骨木来，一只爱唱歌的鸫在树丛上做了一个小巢。

在晚霞的光辉里，善歌的鸫飞到这棵或那棵桦树的树梢上，放声歌唱。

我们是这样来听鸫的歌唱，这样来理解桦树的低声回答的：它们觉得高兴，因为它们的生活并不是白白过去，

它们也得到了一个小小的鸟巢，也有鸟儿们住在它们这儿，在这儿唱歌……

诞　生

特殊性的起源，从一方面来说，是妇女，从另一方面来说，是思想。

遗传学的规律同样地在起作用，可是妇女每次总是生下一个新人。

人在思想时也是这样：按照逻辑的规律；但新的思想却不是引申出来，而是产生出来的，正如新人是在妇女的腹中诞生一样。

可见一般说来，特殊性是“非法的”，不管是就人的特殊性，还是就他思想的特殊性来说，都是如此。

聪明的乌鸦

我从家里出去，心里在想，在大自然中，心灵会进入一种宁静状态，打猎的时候，这种宁静心情是十分可贵的，犹如天平上的两个秤盘（我和大自然）达到平衡状态，指针静止不动了。

如果在这种情况下发生什么事情，你把它写下来，那么即使这是最微不足道的小事，反正一样，只要写下来，就一定会有意思，一定会很出色。

正是由于这个规律，我才成了作家。

我这样想着，这时，最重要的事情发生了。我掏出小本子，为了试一试，故意把下面这件事情记了下来。

山下面，莫斯科河岸上有许多乌鸦。当我出现在山上，让它们看到的时候，它们都急急忙忙飞走了。只有一只乌鸦控制住自己，稍稍飞开一点儿，就又落下来；同时作好充分准备，一有什么情况，就展翅飞往大家飞去的地方。就在这种情况下，它留下来了，用它那双矮脚站在那儿，不断地时而望望我，时而看看被乌鸦们丢下的美味。

显然，这是一只最聪明的乌鸦，它想碰碰运气：大家都飞走了——一切都将归它所有。

我当然故意装作自己有事，自管走自己的路，而不去注意它。就这样，它坚持了下来，我却走过去了。于是聪明的乌鸦得到了岸上的一切。

不仅乌鸦，我们人也常有这种情况："失火了！"有人在喊；于是大家一起奔跑——有多少人被踩死了！可是聪明人仍然留在那儿。"就是烧死，"他想，"也比让人踩死好。"你瞧——他安然无恙，根本没有什么火灾。

这个词找到了

我突然明白了，社会这个词现在取代了从前我们所说的人。这就是多少年来我在努力寻找的东西：用一个词来命名全人类（与超人相反的代表全人类的词）。

只不过现在我们往往把社会这个词理解为组织，然而我却把整个人类看作有机体。

我将等着

现在我将等待由新的作家们创作出这样的文学作品：要使作者自己真心诚意地感到高兴，不仅高兴，而且能使自己得到提高，写得比谁都好。

既砍伐，也栽种

每一瞬间都在形成某一事物反对另一事物的矛盾：譬如拿森林来说吧：有人在砍伐它们，头脑里还一直保留着古代斯拉夫人的信念：森林就是恶鬼。另一个人却在植树造林，如醉如痴地重复着阿克沙科夫的话："森林和水乃大自然的美。"

如果有一个纯洁天真的婴儿说：

"我想遵循真理生活；请告诉我，我该怎么办：是砍伐森林呢，还是植树造林?”

我自己也曾经是这样一个婴儿，也曾经想过，真理之中不可能同时容纳互相排斥的两半儿；对这个婴儿的这些话，现在我想这样回答：

“我的孩子，如果你想要知道真理，那么当然是应该既砍伐，也栽种；只不过你自己要学会，何时何地应当砍伐，何时何地应该栽种。”

回避真理

忠言逆耳，说实话很难，而同时回避真理却容易得很，只是有一个条件：你倒是能避开它了，可是将来说不定什么时候，必然会有无辜的人为了你而受害。

小 根

一架小飞机，翅膀令人惊奇地朝上翘着，好似一只银白色的天鹅，在太阳底下闪闪发光，以每小时一千公里的速度飞翔。

它本来是会让我大吃一惊的；不过它的出现只不过是经过我个人的一生这样一段时间：我清清楚楚记得，教自然科学的老师，手里拿着粉笔，在黑板上写出一些公式，根据物理学的永恒规律，向我们这些孩子们证明，人是不可能飞翔的。

现在喷气式飞机的飞行不能使我吃惊了，因为在我以后的生活中，这种飞行将显得微不足道，这就像用木犁耕地根本不能和拖拉机进行比较一样。

但植物的小根却使我惊叹不已，它用自己坚硬的根冠钻进矿物里去，把它们变作土地的汁液。

我所以感到惊讶，是因为，我自己作为人们的一条小根，竭力要在这里看一看，也许会发现运动的最根本的原因，并从中了解生命的起源。

致一位大学生

就合乎语言规范这一方面来讲，您的几篇短篇小说是写得不错的，并充分显示出，对于这一领域的工作，您已有足够的修养。只是需要提请您注意，不能模仿民间语言的特点，在这方面，作者必须十分小心谨慎。对祖国语言，作者要有一种特殊的感觉，照我看，经常热情地阅读堪称典范的作品，就能做到这一点。但如有才能，这种分寸感是会自然而然出现的。

请您注意，才能，这也就是在大自然中称之为土地的东西。我个人赞同这种比拟；对于才能，我安排自己的行为时，正像一个农夫，他耕耘土地，但生产作物的，当然是带来丰收的土地本身。

而您，作为一个作者，必须记住，创作的幸运——这就是当您清清楚楚看到，您的故事是自己形成的，犹如自然界形成水晶那样。您的小说里恰恰看不到这一点：到处都看得到汗渍，小说不是自己站得住脚，而是通篇钉着图钉。而这是理所当然的，因为“灵魂工程师”面对着的是从未有过的东西。

您应当不是致力于把美好的思想和词句堆砌起来，而应致力于让一切都自然而然地从您笔下涌现出来，使您感到喜悦，使您达到这样的高度，似乎您比谁写得都好。

道德就是理智对于感情这两种力量的关系。感情愈强烈，理智愈和感情接近，人在其人类的事业中，成就也就愈大。

既有填补和掩蔽理智的感情，也有给感情的行动泼冷水的理智。

劳动过程，如果它是自由的，就会以创作告终。

三条洪流

在莫斯科我家窗子的对面就是特烈基亚科夫美术博物馆。每逢节日，我们这一整条巷子都成了一条流进博物馆去的人流。如果在这时候到邻近的大街小巷里去，一定会遇到一些外省人，他们准会问：“特烈基亚科夫美术博物馆在哪儿?”可见这条人流中，大部分都是来自田野里的人们，他们是为了参加文化生活，冲进莫斯科来的。

而当冬天过去，春天里第一批鸟儿飞来的时候，那时就会看到另一条相反的人流，从城市向大自然流去。这一切都是可以理解的：候鸟在北方和南方之间来回迁徙，人们却急于要到城市里去看看从未见过的东西；驱车离开城市，到田野里休息休息，恢复精力。

然而在这两条洪流之间，正形成第三条洪流：以幻想把两条洪流合为一体，形成一个唯一的创作过程，在这一过程中一切已有的——大自然——正在向尚未有过的，向人类的新文化运动。

偷天换日

李森科写道，小麦有时会退化成黑麦。我想，在我们，人们身上也是一样，天赋会退化成财产（吝啬的骑士）。财产暗中偷换了天赋，财产的所有者往往认为，保卫财产，也就是在保卫他自己。

当失眠的时候

当不断漂来的思想使人不能入睡的时候，为自己催眠的方法是：重复一些毫无意义的句子或数字，这样来消灭这些思想。

很多人就用这种方法，以枯燥无味、类似自杀的劳动来消灭自己对生活的爱。

可以在狂饮似的劳动中消灭自己的精神。似乎还没有人描述过这种自杀的方法，不过每一个没有创造发明的学者，都是自杀者。

一勺柏油

有时我绝望地想，在资本主义制度下，正在产生多少骗子，而在社会主义制度下照样也会产生骗子，也许稍少一点儿吧。然而在苏联的道德领域里，骗子的所作所为好比是蜜糖里的一勺柏油。

恰恰相反，资本主义就是建立在骗子身上：你不欺骗，就卖不出去。在资本主义社会，骗子的地位是派定了的；在资本主义社会里，骗子是有用的，不管发展什么样的道德，骗子都不碍它的事。

自　白

对你们所称赞的易读和引人入胜，我做了许多工作。但我不能像许多人所做的那样，自己吹嘘付出了大量劳动。创作的困难，说明作者的创作天赋是不完善的。

有许多例子，如果我自己写作时感到轻快，那么它就会比“很吃力地”写成的东西“写得”好得多，或者是“结果”要好得多。

谈 话

巴赫密季耶夫[1]昨天对我说："您是不是对自己有一些不断增加的要求呢?"

"我这一生中，"我回答，"每个今天都觉得，昨天我是个傻瓜。不过您说得对：现在，这些对自己的要求变得更加令人难受了。"

通常认为，要谈自己的生活，只能叙述往事。我却以为，一个上了年纪的人还应该谈一谈，怎样在现在中说明过去，怎样在努力做一个适应目前情况的现代人时，认清自己的过去。

在艺术领域里没有副手，这就是艺术和一切事物的区别。

在生产领域里不能没有副手。但所以要创造出艺术，所以要有艺术，就正是为了：在这儿只有他本人。

老 人

谈起老年人来，我们总是说："他还是那个样子!"我们心里这样想的时候，是想要说，老年人已经掌握了大自然的节奏，总是在反复；对他，也像对大自然一样，不能期待会有什么特殊的东西：大自然中一切都具备了。

我们年轻人却总是希望向人们显示什么尚未有过的东西。

---

① 巴赫密季耶夫（1885—1963），苏联作家。著名作品有长篇小说《攻击》等。曾获列宁勋章。

蜜 蜂

几千年来人们学习为了自己而活着，如同自然界里的猛兽。但同时，在这同一个自然界里却有一些动物，它们活着不是为了自己，它们采集花蜜，还把它储藏起来，以供未来之需。

风景画

我的关于大自然的笔记往往使我产生这样的想法：我们人类生活的列车开得比大自然快得多，因此我记录观察大自然时的感受，结果记下来的总是关于人类自己的生活。

往往有这种情况，你自己坐在列车上，从车窗里看出去，却似乎觉得，大自然在飞驰。当你弄清真相，原来大自然并没有动，而是我们自己坐在列车上向前奔驰。

所有描绘大自然的画家是不是都有这样的情况呢：他们那注视着大自然的、充满热情的目光，隐藏在他们心中的风景画，都不是别的，而是试图深入人类的心灵，深入到它那不可遏止的运动中去，同时却把目光停留在大自然里。

每一幅隐藏在心中的风景画，都有人类本身在其中运动。

堑壕里的人是指这样一些人，他们坐在堑壕里，却认为自己看到的和懂得的比旁人都多。然而正是他们什么也没有看见。

教师应当知道，他该教给孩子们什么，而他知道："是好的东西。"但如果“好的东西”本身在发生变化呢？

那时教师就要自己参加变革，并引导孩子们跟他一道这样做。

语言——星星

每个心灵里都有语言在活动，像天空中的星星一样燃烧，发光；当它走完自己生命的旅程，从我们嘴里飞出时，也会像星星一样熄灭。

于是这语言的力量，就像熄灭的星星的光，在它的道路上，在空间和时间里向人飞去。

有时，对于自己来说已经熄灭的星星，对于地上的我们，对于人，却还会燃烧几千年。

那个人已经不存在了，但语言却留了下来，而且从一代飞向一代，就像宇宙中已经熄灭的星星的光。

Ⅲ 人类的镜子

我的同乡

大家都用兽类作为骂人的话，当人们说："真是畜牲！"那可是再糟也不过了。然而在这些兽类身上却蕴藏着极深的柔情。

——《林中水滴》

富乌鸦

树上落了一只嘴里衔着一大块什么东西的乌鸦。许多追踪这个富有者的乌鸦立刻成群飞来。它们全都落下来，一声不响，一动不动。那只嘴里叼着东西的乌鸦已经很累了，很吃力地喘息着。不是吗，它不可能一下子就把这一大块东西吞下去呀。它也不能飞下去，在地上从容不迫地把这块东西啄碎。乌鸦们会猛扑过去，于是就要开始一场通常所说的混战了。它只好停在那儿，保卫嘴巴里的那块东西。

不过也许是因为嘴里叼着东西呼吸困难，也许是因为以前它被大家追赶，已经弄得精疲力竭——只见它摇晃了一下，突然失落了叼着的那块东西。所有的乌鸦都猛扑上去。在这场混战中，一只非常机灵的乌鸦抢到了那块东西，立刻展翅飞去。这当然是另一只乌鸦——头一只被追赶得精疲力竭的乌鸦也在跟着飞，但已明显地落在大家后面了。

结果是第二只乌鸦也像第一只一样，弄得精疲力竭，落到了一棵树上，终于失落了那块东西。于是又是一场混战，所有的乌鸦又去追赶那个幸运儿……

请看，富有的乌鸦处境多么可怕，而这只是因为，它只为了它自己。

蜘　蛛

我生起炉子。当火焰笼罩了木材时，在一根劈柴发暗的断面上看到了一只蜘蛛。它兴高采烈，不过也许是因为觉得热而感到不安。它顺着断面跑到了尽头处，而迎接它的却是一片火海。

如果我看到动物处在悲惨境地，总要设想自己处在它的地位上。每当我设身处地时，不会忘了把它那个相对的范围换成大小和我相称的地方。劈柴上那点面积换成我所在的地方，就好比是一间房子；对我来说，就好比我的房子四面都起火了。蜘蛛奔到另一端，那儿也是一片火海。就这样绕着劈柴的整个断面跑了一圈，它停下来，呆住了。懒得动手救出这只蜘蛛，而且还不单是懒而已，而是似乎在向谁挑战：哼，仿佛说，我还要去管这种事吗，由它去吧，我们人类自己的灾难已经够多的了！让蜘蛛自己照顾自己吧。

这时火已包围了这根劈柴。大概支撑着它的另一根劈柴塌下去了，于是轰隆一声，我们这根有蜘蛛的劈柴突然垮下来，倒到屋子里，蜘蛛曾经待着的那个断面猛一下子撞在炉边被铁器碰坏了的地板上。

我以为，经这么一撞，蜘蛛大概已经粉身碎骨了。但当我捡起那根劈柴的时候，蜘蛛却生气勃勃，在一块铁片上跑起来了。这时我的小狗发现了它，于是把鼻子伸到它身上去，而且像它往常碰到昆虫时一样，淌出一大摊口涎，形成了一片口涎的海洋。在这汪湖水当中，隐约看得出一个很小的小岛，这就是蜘蛛所留下的一切了。不过这还不是结局。

渐渐地小岛动弹起来，从海里爬上了陆地。似乎它只剩了两条腿，但后来变成三条、四条，就这样，粘在一起的腿都舒展开了，于是蜘蛛很快向一个黑暗的角落爬去。

我向它祝贺，同时想起了我自己生活中一件情况复杂的意外事故，当时我也是丝毫不靠别人帮助，在一场火灾中安然脱险。后来又想到战时的情况，想到我也曾像这只蜘蛛一样，浑身湿透，从大海里爬出来；什么事情我没经历过呀……

可见在世界上什么也不要怕，在任何情况下也不要在灾难之中灰心丧气。

人的朋友

在民间，所有的狗都被分为聪明的和愚蠢的：聪明的狗很凶，只喜欢它的主人，不让旁人接近。愚蠢的狗喜欢一切人，信任一切人，和别人相比，它所以更喜欢主人，只不过是因为它已经献身给他，犹如塔吉雅娜[①]已委身于她的那个将军。

选择这样的狗，照我看，并非偶然，我宁愿挑选这样的狗，正如凯撒宁愿自己身边的人都是战士一样。为什么我宁愿要不仅喜欢我一个人，而且喜欢一切人的狗呢？这我是有根据的：我对待自己亲人的态度也是这样愚蠢，而且也要求他们不要由于我而看不到整个人类，要求他们也不要遮

---

① 塔吉雅娜：普希金的《叶甫根尼·奥涅金》中的女主人公。

住我的阳光。

不仅如此，我只是从这方面来理解自由的，而认为自私自利的人连同他们的恶狗都是扼杀精神的刽子手。

因此我不由得要为自己挑选一些最高尚的、超越狗的本能的狗；至于人们认为它们有点儿傻头傻脑，对此我毫不在意。我和这些狗的友谊，一般说来，似乎来源于我们共同的、伟大的心灵的感受，来源于田野里和森林里的、而不是家里的喜悦心情。

因此我不是把所有的狗分作聪明的和愚蠢的，而是分作家里养的恶狗和对一切人都心怀坦荡的、纯粹的猎狗。

冒　雨

从清早三点起，就阴雨连绵。早晨天色阴沉。看，外面细雨蒙蒙，虽说这雨并不是温暖的。茹尔卡[①]要出去小便，它在恳求，在呻吟，它非常需要出去！我放开了它。它站在门槛上，不想下去，不愿意去淋雨。

然而它所以站着，有两个原因：一是因为下雨，再就是因为看到篱笆上有一只乌鸦。我知道，只要乌鸦不展翅飞去，它就将站在那儿瞅着它，乌鸦一飞，它就会跑出去——是准许它去追乌鸦的。那再好没有了！我把乌鸦轰了起来，现在茹尔卡飞奔而去，对雨一点儿也不在乎：对茹尔卡来说，现在不是在下雨，而是最好的好天。

难道我们不也是这样吗？什么都觉着不方便，什么都不想干，对什么都怕，可是一接触到心灵，就把这一切统统都忘到九霄云外去了。

---

① 茹尔卡：狗名。

诺尔卡[1]和茹尔卡

为了我喜欢茹尔卡，诺尔卡感到那么嫉妒，以致当我叫茹尔卡到我这儿来的时候，诺尔卡就很快跑过来；茹尔卡自然也嫉妒诺尔卡，如果我叫诺尔卡，茹尔卡也赶快跑过来。

现在它们已经成了习惯：

“诺尔卡！”我喊。

茹尔卡来了。

“茹尔卡！”

来的是诺尔卡。

魔　线

茹尔卡顺着一条看不见的、拉到主人——人那儿去的线在森林里奔跑着。只要一失去这根线，它心里就充满极端的恐惧，犹如到了荒无人烟的沙漠里。这根魔线使森林里仿佛到处都有人在：一切都来自于人，一切都是主人的。П.С.从汽车上下来，给我让座。

“请把茹尔卡交给我吧！”他说，“我带着狗步行。”

他拉住茹尔卡的颈圈，我则绕到汽车的那一边，不让茹尔卡看见，从那边坐上了汽车。汽车开动了，这时茹尔卡想起我来了。后来П.С.叙述说：它挣开，跑过去，在我们曾经散步的所有地方寻找我，嗅遍了所有旧的足迹，总是又回到最后的脚印那里，它的上帝就是在那儿突然消失，一

---

① 诺尔卡：狗名。

下子就不见了的。当然啦，狗的全部欢乐和它对于人的全部优越性就正在于此：它能感觉得到，看得见它的上帝。

我知道，我当然不是上帝，但我的狗把我当作上帝看待；而且我得承认，对此我是感到高兴的，我对待它的态度，也完全像我当真是一个全能的、无所不知、无处不在的上帝。

它又是跑，又是叫。只是经过很久斗争以后，它才安静下来，肯跟着П.С.走了。但当他们走近家门的时候，它快活起来了：显然，它认为，上帝完全有权突然消失，然后再回到家里。不过也许它根本没有这么想，只不过认为，家里不可能没有主人。

结果证明这是对的：主人正站在门口迎接它呢。

双双伫立凝视

不知怎的，我不喜欢画家们的工作条件：他们要死死地盯着模特儿；就是在林中漫步，也一定要带着画箱。像我们那样可多好呢：只要口袋里装上个小本子和一截铅笔头，心灵却可以自由自在地八方遨游；或集中思想，养养精神，或遐想出神，丢开一切；而当回到现实世界时，却大吃一惊，当我在漫游时，一切都变了样！

我们的语言艺术多么美妙，照我看，没有什么比在森林里随便坐在一个树桩上工作更美的了。现在森林里已经有许多我坐过的树桩。我那条叫茹尔卡的狗，在我前面跑到一个熟悉的树桩跟前，于是停下来等着。我懂得它的意思：

“咱们是再往前走呢，”它问我，“还是就在这儿写作？”

“咱们写作吧！”这一次我说。

于是我坐了下来。

茹尔卡也躺在我的脚边，而且一定要触及我的脚，就像我们在火车站上候车的时候：用脚蹬着箱子，免得它被人偷去。

一只碛鹏在我头顶上方跳来跳去。当我想要休息一下，或忽有所感，陷入沉思，就把小本子放到口袋里，瞅着那只碛鹏。看到我丢开写作，抬起头来一动不动地瞧着那只鸟，茹尔卡也站起来，望着碛鹏。它以它的思维方式，寻思我是在作准备打猎的姿势，于是它也慢慢挺直身子，一步一步悄悄地挪动着，然后伫立不动了：尾巴伸得笔直，一只脚蜷了起来。

照我看，我觉得茹尔卡也是个“诗人”，它也在跟我一同幻想；不然的话它为什么那么久久站着，一动不动，全神贯注，凝望着那只碛鹏呢：碛鹏高高地停在树上，反正是逮不到的。可见它完全和我一样，对我那只碛鹏产生了幻想。只不过我所幻想的是，但愿我能像这只小鸟一样，也能这样自由自在。而茹尔卡由于无知，幻想的却是：但愿能抓住这只碛鹏，也许，还想要吃掉它呢。

猫和狗是怎么争吵起来的

那也是像现在这样的一天。三月里，全莫斯科笼罩在灿烂的光辉里；我们屋里的地板上也有这样一块明亮的、暖烘烘的光斑。

给我们送来了一只西班牙小狗崽，大小像一只中等的大老鼠。

多姆娜·伊万诺夫娜——我们的猫，在厨顶上摆好了跳跃的架势。当然啦，它有点儿搞不清：分明是一只真老鼠，可是人们却待在它的身边，因此又似乎不是老鼠。

我们把小狗崽放在地板上，心里寻思，管它叫什么呢：它蹲着，一直蹲在那儿，样子是那样笨……

“咱们管它叫米什卡[1]吧，”妻子说，“米什卡，走走看！”

我们抚摸抚摸它，于是它四条腿都站立起来，看准了目标，一直朝前走去。多姆娜·伊万诺夫娜浑身使劲，做好了跳跃的准备，一只眼睛转动着，紧盯着它。

“你瞧着我的！”我吓唬它说。

“你看着点儿猫！”妻子说，“它可别那个！”

“不会这个，也不会那个！”我回答，“你还不了解西班牙狗。”

米什卡走到地板上那块亮斑那儿，让光照着它的小脑袋，于是在这个暖和地方站住，哪儿也不想去了。

为了逗它玩，我从厨房里拿来一根骨头，放到它的鼻子底下。米什卡从骨头跟前一扭鼻子，在这块暖和地方站得更舒服一些，于是一动也不动了。

而多姆娜·伊万诺夫娜看到骨头，心想：“这哪里是老鼠呢！”等看到米什卡从骨头跟前一扭鼻子，就从橱上跳到地板上，悄悄地一步一步轻轻挪蹭过去，想要叼走小狗崽不需要的骨头。它有一部分是正确的：按照狗和猫的规矩，如果它们有什么财物，就应当保护它；如果掉头不管——那就意味着丧失了对它的权利。

但米什卡并不是对它的财物掉头不管，它清清楚楚记得那根骨头。它是为了面向这莫斯科上空三月里奇妙的阳光，才扭过脸去的。也许米什卡也多少有点儿诗人气质，所以觉得晒到鼻子上的温暖的阳光比可口的骨头

---

① 米什卡：意思是“熊”。

更为宝贵。

既然在多姆娜。伊万诺夫娜悄悄走近骨头的那一瞬间，它那样高声怒吼，奋力猛扑过去，用它那还不够坚硬、锐利的牙齿从躲避不及的猫的尾巴上扯下一撮毛来，那就是说，它心里是牢记着自己对骨头的权利的。多姆娜·伊万诺夫娜从它身边飞也似的跑开，从一间屋子跑到另一间屋里，跳过一把把椅子、安乐椅、长沙发，最后爬到一个高高的橱上，从那儿咆哮不已。米什卡则向上高高仰起头来，在下面狂吠。

大概不论什么时候，猫和狗的生活总是从此开始的：猫逃，狗追。也不论什么时候，总会为了私有财产而争吵起来；我们，人们，也时常要平息它们的争执。现在多姆娜·伊万诺夫娜和米什卡已经和睦相处，每当天冷的时候，它们都互相紧紧偎依着，睡在同一块小毯子上。

狗——理想家

为了促进食欲，我们常在给查尔卡吃的粥里拌上些菜汤里的肉渣、干酪皮和各种好吃的东西。我们尽量把这些东西埋在最底下，为的是让狗闻到它们的香味，把粥也吃掉。结果总是这样：狗吃到这些美味，顺便也就把粥吃光了。

有一回我们没有什么好吃的东西可以放在碗底，就拿满满一碗光黍米粥给查尔卡吃。查尔卡把鼻子伸到粥里，立刻闻出，粥里没有好吃的东西。狗伤心了，走到一边去，不知在想什么，然后又走回来，把鼻子再伸进去，特别用力穿透碗里的粥，一直触到碗底，可还是没有找到“理想”。它又走到一边去，好久站在那儿，望着那碗粥。吃，它当然想吃，而且本来也会把粥吃掉的，不过没有“理想”，就这样简单地吃掉它，它又不甘心。

它对失踪的“理想”左思右想，犹豫不决，后来终于拿定了主意——的确是这样，因此我们才注意到这件事——它认定“理想”理应藏在最下面，总在某个地方，说不定甚至是藏在碗底下。

既然这样决定了，于是它就像猪那样，那它的鼻子拱了一下碗的弯边，猛一拉，碗往上一跳，底朝上翻转过来。这时查尔卡慢慢地，就像去捕野兽那样，挺直身子，稍动一动，走近前去，闻遍了整个碗底，不，碗底下也没有“理想”。

然而找来找去，这狗可当真想吃东西了，而且多想吃啊！似乎这会儿就连光粥它也乐意吃了，不过碗是底朝上扣着的，怎么办呢？查尔卡眼睛一直盯着那只碗，走到角落里，思索了一会儿，又走回来，试图仍然用鼻子去拱。没有用！碗边紧贴在地板上：翻过来的碗边用鼻子是拱不起来的。只是经这么一推，碗滑过去一些，在原来扣碗的地方留下了一点儿粥。查尔卡用舌头仔细舔那点儿粥，舔光了，又用鼻子推碗，于是碗下面又剩下一点儿粥。就这样，查尔卡追赶着那只碗，直到把粥全部吃光。

打从那回起，每当我们家现成的东西里弄不到具有诱惑力的“理想”时，我们发现了一个喂查尔卡的办法。我们拿粥给它吃。当这位太太轻蔑地从粥碗上扭过鼻子去的时候，我们就把盛满粥的碗翻过来。那时准会又来一次和碗的游戏，于是粥也就给吃光了。而且吃得那么香甜，连地板也被舔得更干净了。

不久查尔卡就懂得了，与其去追赶那只碗，用舌头去擦地板，就这样吃掉没有诱饵的光粥，不是简单得多，也省事得多吗：它自己省事，主人们也用不着为了哄骗狗，用食物的残渣来创造一个“理想”了。

树的生活

树木只知道已经有过的东西，但只有人的心灵为尚未有过的事物而斗争。

对主人的愤懑

在森林里，谁要是只想着自己，只想着他要在这儿呼吸新鲜空气，休息休息，让自己安静一下，那么他是会觉得很美的。不过如果有谁跨出自己这个范围，用他那颗人类的心去关怀森林里树木本身的生活，那么他立刻会怒不可遏，生那个主人的气，禁不住想要插手干预这种不合理的经营管理。

而当怒火平息，神志清醒过来，这才想起，这儿并没有主人。一切都是由于风、水分、土壤和太阳的作用，自然而然形成的。于是就会觉得更不舒服，更想插手干预大自然的事情，想要把这森林的生活引导到人类的道路上来。

不，不！在森林里，不管你朝什么方向看，一切都不是照我们人类的规则生活的。而同时一切又都合乎某种秩序，在一定的地点、一定的时间里，获得一定的形式。

可见，还有一些非人类的规则。真想把我们的和它们的所有规则统统搜集到一起，比较一下，看看它们之间的区别在哪里。

我们的规则和“那些”（自然界里的，森林里的）的区别，首先在于，在它们那儿，是最强者获得胜利，而在我们这儿，是最好的，还有——我们这儿有仁慈心……

各种树是怎样发芽的

菩提树的小叶子一长出来是有皱褶的，挂在树上，包着它们幼芽的鳞片在它们上面翘着，如同一些粉红色的小荚。

橡树发芽，态度是严肃的，谆谆告诫自己的叶子，它虽然小，但在自己的幼年，就应该像一片橡树叶子。

白杨一开始并不是换上绿装，而是穿一身褐色的衣裳，它的叶子在幼年时期好似一些小硬币，在空中摇晃。

枫树刚发芽时周身发黄，掌状的叶子不好意思地松松地攥着，挂在树上，犹如一些礼品。

松树用攥紧的、多树脂的黄色小手指打开通向未来的大门。当这些手指松开，向上伸直了的时候，就变得跟蜡烛一模一样了。

下面，地上所有阔叶的小东西显示出，它们的幼芽也和大树上的一样，就美而言，它们在下面的丝毫也不亚于那在上边的；对它们来说，全部差别就在于时间：等我的时候一到——我也会长高的。

当森林里树木发芽时，什么都能看得清清楚楚，它是怎样生活的，它需要什么：有的地方背光，叶子就发红了，有的地方汁液输送不到高处的小枝那里，于是那根树枝就变成光秃秃的……

肥沃的土壤

松树升高自己的树冠，年复一年，越长越高，把凋谢的针叶撒落到地上。它当然不知道，它一面在长高，同时也就为其他对营养要求更高的树木准备好了土壤，它就是形成森林的、树中的先驱。

渐渐地在松树底下不大的一圈土地上形成了足以供枞树扎根的土壤。不但如此！松树的树荫恰好落在这个地方，可以遮住幼小的枞树，为它防寒，使它不至被直射的阳光晒伤。

那儿是树中的先驱者（松树）；那边，稍过去一些，喜光的桦树和白杨也在那里准备土壤。

大概有几百颗，也许有几千颗枞树种子都死亡了，只是为了有一棵种子能落在这块肥沃的土壤上，落在那绿荫如盖的小圈子里，落在那棵如同母亲一般的大树的树冠底下！森林里就是这样，在每一棵树中的先驱者底下，都有一棵小枞树紧紧偎依着它，在那儿定居下来，开始向上生长。

枞树的耐心

桦树的每一片小叶子都在颤抖。但不管有多大的暴风雨，枞树的针叶却纹丝不动。桦树的每根树枝都在鞭打枞树，竭力要排挤它，让它无法生长。这使枞树痛苦不堪，但喜阴的树也忍受着这种屈辱，而且它也不轻率地委身于风。

连一根针叶也不会因为暴风雨的关系而颤动，只有翼状的树枝轻轻摇晃着，仿佛在互相商议：以后咱们该怎么办呢？

枞树和橡树

它们，枞树和橡树，竞相追逐，向上，向着阳光，看究竟谁胜过谁。

它们不是为了取乐，不是因为贪婪，也不是由于任性或骄傲，而是为了生死攸关的需要，才发起了这场追逐赛——谁先探头伸出光明之窗，它自己就会遮住这扇小窗，作为一个胜利者，用它的树冠和旁的大树结合在一起。不论谁留在林冠下面，留在昏暗之中，都只能在自己这一生中日渐枯萎。

这就是它们，枞树和橡树要全力以赴，你追我赶，向上生长的原因。

菩提和橡树

在我们莫斯科近郊森林里，菩提树和橡树常常会碰在一起，好像它们在互相寻找似的。春天，菩提树首先披上绿纱，仿佛向橡树召唤，要橡树和它一道换上碧绿的新衣。但橡树好久都不肯同意；甚至当它长出绿叶的时候，四周却已经在渐渐变冷了。

秋天，菩提树最先凋落，当它落叶飘零的时候，橡树的叶子已经发黄，却还久久地坚持着，到后来才落叶纷飞，把菩提树的叶子掩埋在自己的落叶底下。

菩　提

在白杨和桦树底下，在它们的树荫里，一棵棵菩提树迟疑不决地渐渐长大，毫无争执地把自己的树冠聚拢在一起，连成一片。

只是如果菩提树和白杨以及桦树的树冠混杂在一起，下面就会明显地感觉到更加阴暗了。

白　杨

白杨不停地颤抖着，丝毫不知疲倦，直到秋天树叶变红，直到最后一次暴风雨袭来，树叶脱落，四散飘零。

松　树

松树在秋天里失去双生的针叶，并不比白杨失去的叶子少。但冬天松树仍然郁郁葱葱；白杨却光秃秃的，怒气冲冲，全身都饱含着它那苦涩的杨树汁。

松树是圣洁的树，枞树是英明的树，橡树强大，白桦则柔情脉脉，多嘴多舌。

树　枝

枞树的树枝越高，对它来说，工作和要操心的事就越少。

下面的树枝有它们自己的真理：光对大家一视同仁，如果作出这样的安排，让上面的树枝不要把一切都攫为己有，多为底下的树枝着想，那么光是足够大家共同分享的。

从地上数起，在第七轮树枝中间，有一根边上的树枝不和其他勾画出枞树轮廓的树枝一致行动，向一旁生长，却一直向上冲去，直奔小十字形的树梢。它穿透了上边几轮侧面的树枝；许多年以后，我们看到一棵高大的枞树，有两棵向上生长的树干。

闪光和寂静

有时大海里波光粼粼，舱壁上明暗交替，仿佛一切都在战栗：在阳光灿烂的日子，白杨林里也是这样，光影交错，闪闪烁烁，甚至使人眼花缭乱。

然而枞树林里却是多么安宁和寂静啊：那里永远不变，总是那么阴沉沉的。

慈善的大自然

树在长高，树底下，环绕着树干渐渐积起一个个小丘，如同一个个小枕头：这是由上面落下的东西堆积起来的。后来，许久以后，这棵树只剩下一个树桩，留在明亮的地方；各种种子都飞到这光照充足而又干燥的腐殖土小丘上来。各式各样的鲜花、浆果、蘑菇——那儿什么没有哇！

自然界里就是这样安排的：在死去的树木的坟墓上诞生新的生命。好人也是这样，受那同一慈善的大自然的感召，把鲜花种在亲人们的坟墓上。

树顶干枯的松树

一棵松树甩掉树枝，把树干拾掇得干干净净，奋力蹿到林冠的上面；好像觉得，一棵高高的光秃秃的树，树梢高踞于森林之上，顾盼自雄，这是何等美妙！在上面只有一点使它感到惶惑——不远的地方也有这样一棵松树，树顶已经干枯。本来它也曾蹿了上来，不过树根不能把土壤里的汁液输送到那么高的高处，于是它的树梢干枯了，整个儿都干枯了；下面的树枝早被抛弃，只剩下一棵干树，终于枯死了。

树枝的谈话

上面的树枝在谈它们自己的事情，下面的也在谈它们的。现在由于风的关系，整棵小枞树都一起交谈起来了。假如这不是些树枝，而是人，那么他们就会懂得，并不是他们自己弯下腰来，互相耳语。

不过树大概并没有我们这种想法，对它们来说，不管是它们自己，还是由于风的关系，反正都是一样，只要鸟儿们在树间飞来飞去，只要能够进行异花授粉，只要它们的种子——那些游击队员们能够展翅飞翔，飞去投入战斗……

风

从窗子里望着外面的树——觉不出有风……你只看到树顶上树枝在互相喃喃低语。于是你会想到自己：我们常常觉得，似乎是我们自己往什么地方奔跑，在做什么事情，丝毫也不怀疑这是由于受到外力的驱使，也像这些树一样，是因为有风吹动它们。

在你自己觉不出有风的窗子里面，对这一点儿看得最为清楚。

松树和风争论

我曾看到森林里的松树怎样和风争论——它们一面争论，一面自己互相商议，就像手中握有真理而感到自豪的人们在和这个世界上有势力的人物争论，他们不向强力屈服，而要尽力说服他。

树的灵魂

如果是我们的感觉创造出树的形象，那么树的本身还剩下什么呢？是什么使我们产生感觉？不从属于人的感觉的树的本质又是什么呢？

树对于自己一无所知。然而我们人知道，所有的树只有一个灵魂——这就是风。

松树的方式

难得看到松树垂下自己的翅膀——树枝；它们在生长的时候甩掉自己身上留在阴影里的一切，一心向上的树枝仿佛要把整棵大树都带上天去。

当一个人走进松林，抬起头来，他会觉得，似乎有一些看不见的力量推着他飞向天空。

枞树的方式

三十年来枞树在松树底下养精蓄锐，松树却一个劲儿地向上伸展。而当时候一到，枞树突然猛蹿上去，很快就超过了松树，遮住了它的光线。

对光的渴望

一棵笔直的白桦，树顶上残留着浓密的金色叶片，从撒满金币样白桦叶子茂密的小枞树丛中挺身向上生长。在蓝天的背景上，风一吹过，这些叶子金光闪闪，似乎这不是树，而是一位俊俏的妇女，尽管灾难从四面八方包围了她，而当她看到我，由于习惯，还是妩媚地微笑，做出千姿百态。

光再多一些就好了，那么森林里边所有枞树就也能像林边上的枞树那样，连它们那些最重的下层树枝也可以向上生长了。

“需要光啊！”枞树抱怨。

而喜光的松树就生长在枞树身旁，它并不抱怨：哪怕只剩下最上面的树冠，它也要让这树冠向上生长，永远不会得不到光。

没有光

如果没有光，怎么能向着光往高处生长呢？

有时候树枝并不知道哪边有光，于是就向它最容易生长的方向生长：往下面去，往下面去。

几代人的结合

森林里也像家庭里一样，会有几代人结合在一起。

森林里使我们喜悦的并不是森林本身，不是那些强壮高大的树干；更叫我们喜悦的，是那些矮生树、幼树、灌木丛、地毯般的草地、土墩、蘑菇、浆果。森林叫我们感到高兴，是因为它像一个由好几代人组成的大家庭，而绝不是因为只有一些老头子们，但请看一看城市附近任何一处森林吧……

有时城市附近人们常去打柴的地方，把一切都搞得那么干净，只剩下一些大树——再没有什么比这备受蹂躏的森林更叫人感到忧郁了，它好像一大群老光棍，就像在残疾人的病院里似的。

一年四季

很多人欣赏大自然，但关心它的只有少数人，就连那些关心它的人，也往往做不到和大自然这样息息相关，能在大自然里感觉到自己的心。

一 月

春天的道路

昨天是阳光灿烂的一天。光的春天开始在道路上出现了。阳光和煦，温暖着道路；一辆汽车驶过，车辙闪闪地发出光来。脚踩在雪地上还在咔嚓咔嚓地响，走路的时候，手杖还在发出刺耳的响声，但车辙里已经露出土地，犹如一块块秃斑，这时，穿着毡靴的脚滑了一下。

光的春天就是这样来到了道路上，第一批小鸟也飞到路上来了。

小 伞

在公路上，汽车碍我的事。我跨过壕沟，踏雪走向森林。田野和森林之间有一片空地，那里散布着一些沼泽地里的土墩和一丛灌木。土墩上耸立着许多高高的灰色伞形植物，全都干枯了。每棵小伞的花心里必然有一小块白雪。一只羽毛华丽、色泽鲜艳的金翅雀停在其中一块雪上，在它停着的雪块上，它刚好可以从上面啄出莲座里的种子：它啄出一颗，就有十颗黑色的种子落到白皑皑的雪地里。

金翅雀并不为落下去的种子感到难过：一个花心空了——花心多得很——它就飞到另一个上面去。至于撒下去的，并不会白白浪费，它们会被山雀啄食；埋到雪底下的，也不会白白浪费：春汛会把种子带到旁的地方——并不是所有小伞都只待在一个地方的。

二 月

最后的严寒

在最后的奉献节[①]严寒之前，有时会有解冻的天气，鸟儿们往往把它当作春天的开始：松鸡啼叫，互相应答，在春天到来之前开始寻找伴侣。

大雷鸟发情，在竭力呼唤异性，连人听了也会上当受骗，如果他还年轻，而且有空——天知道他会嘟嘟囔囔地说些什么。

树枝上的雪

从下面看不见的雪花犹如群星，现在从上面落到我们身边，恰似一阵平静的火花雨在空中熠熠发光，落在树枝上，因此，全树从上到下都在闪闪烁烁，仿佛每一颗冬天里尚未绽开的幼芽都在光彩四射。

---

① 奉献节：俄国旧历二月二日。

落下去的雪花

光的春天开始了，森林里，四面八方都睁开了天蓝色的眼睛。雪花静悄悄地向下飞来，注视着每一片雪花，看它落到哪里去，那是十分美妙的。而当你欣赏够了的时候，就会向自己问道：落下的雪花为什么总是构成圆形呢？

是不是因为：每一根小树枝儿都力图向上生长，每一片雪花都在往下落，而在争取向下和向上的斗争中，一切运动都会形成沿着圆周的运动呢？

不过雪花倒是在往下落，可树枝儿虽然力图向上生长，但长得很慢；而且在冬天里，它只是指向上边，自己却停在那里一动不动。

在城里

今天阳光灿烂，但寒气袭人。当太阳躲进乌云里，寒气就在玻璃窗上画出一些热带植物的树枝和暖洋中的藻类。当太阳又出来的时候，寒气就抛弃它那无法实现的、关于热带的梦想，涕泪纵横，化作许多水滴，在窗玻璃上四散奔逃了。

当满天阴云全部消散，阳光不仅晒干了窗玻璃上的所有水滴，而且连窗玻璃也晒暖了的时候，太阳和严寒的游戏也结束了。即使太阳落山，天色昏暗下来的时候，寒气在窗玻璃上也无用武之地了。

一位客人来到我们这里，从六层楼上明净的窗玻璃里望出去，只见一排排灰色的楼房，犹如许多叠放在一起的盒子，于是说：

“多美的景色!”

我青年时代的宫殿

今天一清早，我就出去，以清晨的严寒来进行治疗。

早晨八点，太阳还不比房子高，光芒在奥尔狄卡低低飞翔，在所有房屋上面形成一片阳光的屋顶。因此，在下面，阳光的屋顶底下，落下一层淡蓝色的阴影，昏暗中可以听到，春天的乌鸦在生闷气，而光的春天的信使——麻雀，正在叽叽喳喳地叫个不停。

在淡蓝色的阴影中，呈淡蓝色的房屋仿佛渐渐远去，按照透视的规则，颜色也愈远愈淡了。再过去，在那极为深远的地方，前面耸立着我青年时代的宫殿，它也是淡蓝色的。那时我愚昧无知，不配享受这样的荣誉，还不能进入宫殿里去；现在我正在向它走去，它已越来越近，由于快乐的希望，我的心正紧缩起来：或许，现在那里会知道我已成为一个什么样的人了吧。

那里不看你的白发，恰恰相反，会承认你的功绩，再也不会把你赶出来了。

三 月

春 天

我注意到，在现代人的心里，春天比遥远的过去、那些生活比较平静的时候来得更早了。

那时候，在二月，城里谁也不谈论春天；而现在，从四面八方都能听到：春天！

大时间

又和昨天一样，早晨阳光灿烂，略有寒意。现在大家都在议论，而且已经成了老生常谈：说是气候正在发生变化；仅在九年之前，冬天还冷到零下四十摄氏度呢。

这一切都是因为，气候的时间单位大，而人的时间单位小；而当小的判断大的时，那只能是照自己的标准来进行判断。

闪闪发光的日子

一天一天，天天是那样光辉灿烂，就连梦中也不会梦到这样的好天。小姑娘们已经在跳绳了。在莫斯科，光在拥抱人们，催他们终日忙忙碌碌。房屋在光中亮闪闪的，并为阴影而感到喜悦：光和阴影——一切都好极了！

对大自然的感情

初春是在城市里开始的，正像我们现在对大自然的强烈感情是某个时候在城市里诞生的一样。大概我们对自由的感情，也是这样在身为俘虏的时候诞生的吧。

对大自然的爱以及对流浪生活的向往，起源于城市（到那里去，到那里去），起源于人群拥挤的地方。

在城市里向往孤独，在沙漠中向往人群。

散步

白天风和日丽，笼罩在淡蓝色的雾霭里。黄昏时分小溪显得羞答答的。夜和清晨到来时，屋顶是干燥的。

一幢大房子，在街上被一堵尚未抹上灰泥的砖墙隔断了，墙上这儿那儿有一些小洞：有一些是砌墙时为了什么需要而空出来的，另一些是在砖掉了以后，自己形成的。如今每一个这样的小洞里都有一只行人看不见的麻雀。像在春天里那样，节奏均匀，如同钟表一般毫不间断地唧唧叫着。

但这些在昏暗的小洞里欢呼的麻雀，当真是光的春天的钟表，不过不是人工制造的罢了。有一些行人掏出表来看一眼，加快了自己的步伐。可是另一些人恰恰相反，听到这春天的钟声，却站下来，含着微笑用目光在墙上久久地搜索着，终于发现了麻雀，于是容光焕发，环顾四周，为阳光的屋顶下、街上朦胧的淡蓝色阴影感到高兴。

声音的春天

从一清早就不太冷；白天，太阳在莫斯科制造了一些水洼，当稍微上冻的时候，飘散出强烈的初春气息。

这时候，在农村里聋子开始能听得比较清楚一些了；这就和我们的情况一样：冬天里我们大家都会有点儿耳聋。

突然会听到远方传来的不同声音，或者近处滴落的水滴发出沙沙的响声，还有什么人说话的声音，仿佛是有人在召唤我。

我在不久前才发现这一情况，并称之为声音的春天。

昨天解冻了。晚上，我冒雨回家，猜测着该往哪里迈步，生怕被汽车溅一身泥，但心里却愉快极了：因为并不只是这一个春天，而是所有春天都在街上跟在我的后面。而且我也不是第一次了解声音苏醒的情况。

晴朗的早晨

昨天整天都在下雪，一夜之间下完了：早晨天气晴朗，阳光灿烂，纯洁的白雪耀眼夺目，每一家房顶上都冒出欢快的青烟。

阴沉的一天

温暖而阴沉。后来露出几丝淡蓝色的光线，越来越宽，夜盖的被子被撕得粉碎，被子的碎片、一切残余、一阵阵轻烟，犹如许多小船，扯起灰色的船帆，驶过淡蓝色的空间。

下午一点左右，我乘车到达兹维尼戈罗德车站；在很难走的路上，直到两点半钟的样子，才走到家。

白嘴鸦飞来了

我看到，雪地上到处都是白嘴鸦；看来，它们都饿了，没有什么东西可吃，一切都被雪埋起来了；它们用长长的腿忙乱地走来走去，让人走近它们身边；它们并不飞，而只是跑，一个劲儿地跑。晚上，从它们作窝的地方已经可以听到乱嘈嘈的鸦鸣声。

晚上百花盛开

整个天空中只有两个转瞬即逝的小白点儿。晚上日落时犹如百花盛开：淡蓝色的雪，玫瑰色的森林，天空四周仿佛在熊熊燃烧……

不易察觉的生活

河滩地上，在炎热的中午，雪底下忽然出现一些小湖，夜间就又上冻了。有时，这样的水沟会穿过小路，在上面行走时，周围到处都发出咔嚓咔嚓的响声。那些穿着心爱的靴子——车胎底毡靴——的人，现在只是在早晨才穿过河滩地。

而河流还被冰封着，没有流动，只是在向阳的陡岸上，砂杞柳的枝条已经解冻，大概在树上，不易察觉的昆虫们的生活已经在沸腾了。

三月的太阳

和昨天一样，大概快到中午的时候，太阳露出脸来。莫斯科的主要街道上如此洁净，如此明亮，而且又是这样希望生活，这样感觉到自己变得更聪明，精神上也更完美了。

从前，在这三月的阳光中能看到小袄上的花朵，而现在我看到的是人们眼睛里的鲜花：在这片阳光中，许多人的眼睛都焕发出光彩——无论是浅蓝色的、蓝色的还是暗绿色的，我似乎觉得，不知什么地方，隐约露出一双淡紫色的眼睛。

从房顶上滴下一滴

在铁匠桥上，有一点儿什么东西从上面滴到了我的鼻子尖上。我寻思这是房顶上滴下来的金色水滴。但突然，一只麻雀从那里“叽”地叫了一声，这是这一年光的春天里第一只麻雀。于是我明白了：这不是金色的水滴，而是麻雀把一滴东西滴到了我的鼻子上。

但我对城市里光的春天感到这么高兴，因此，光的春天的第一位歌手对我如此疏忽大意，我一点儿也不在乎。

对大自然的感情

瞧，这是河。你们来到河边，这时会有各种不同的想法：有时想要钓鱼，有时想洗个澡，会有多少想法啊！——在岸上散散步，甚至想划一会儿船：不管回想什么，或者在自己的生活里重新安排什么：一切都是关于自己，一切都是为了自己！

可是，如果是在莫斯科遇上春天，看到从院子里流出去的污浊的小河，你就会想起真正的河流，想象自己是在野外，于是，心里会回忆起许多往事，一切都是为了河，没有任何事情是为了自己。

可见我们对大自然的一切感情都是在城市里产生的。

河动了

夜间寒气袭人，白天光彩夺目。昨天一天之间河面发暗了，和雪分家了，但大家还是在这冰面上行走。田野里融雪的地方出现了鱼鳞般的波纹，色彩缤纷，“喜鹊的王国”[1]。

雪下面

雪下面，水当然已经在顺着它那看不见的道路流动，注入所有坑坑洼洼的地方。而且这是看得出来的：雪的表面上到处都出现淡蓝色波浪状的小斑点，雪下面有水的地方，上面的波浪不是淡蓝色的，而是棕黄色的，于是你知道，说不定明天这儿的雪就会融化，形成一小块沼泽。

不会忘记

晚上。太阳理应落进一小片乌云里去，但它离那片乌云还远。在这边和那边，河上有两条河流闪闪发光——这是冰已融化后形成的沿岸水面。

---

① 喜鹊羽毛黑白相间；春天，融雪的地方是黑色的。雪是白的，有如喜鹊的羽毛一般。

从我们这边的岸上，岸边架着小木板桥。人们顺着小桥走到冰上，再顺着仍然完好的小路走到对面；在那里又顺着第二座小桥小心翼翼地走上岸去。朝南的对岸上，发暗的地方远比白色的地方多。我们这边的河岸是北坡，仍然覆盖着厚厚一层未曾触动过的积雪。

洁白，纯净，清新，娇嫩、鲜艳的色彩，这一切是这么美，以致感觉到自己的喜悦太贫乏了，自己的感激太微弱了，根本不足以表达对大自然之美的谢意。

但瞧哇，太阳已经接近下面那一小片乌云，不久一切就都要改观了，得赶快牢牢记住这天晚上的情景，以后就永远也不会忘记了。

担水桶的姑娘

可以听到上边有冰雪在人脚下发出的“咯吱咯吱”的响声。一条小溪，好似一条黑色的小蛇，把一片白茫茫的雪野劈作两半，从上面蜿蜒奔流而下。一位姑娘担着水桶，正从小溪流下的地方向下走来。对着太阳，只能看到她柔韧的黑色侧影。她这样走了下来，把两个水桶放在岸上。提着另一个水桶，让身体保持平衡，灵巧地顺着踏板走过去，把桶放进闪着金光的冰窟窿里。

她就这样仿佛在踏板上迈着舞步，一桶接一桶，灌满了所有三个水桶。随后，她把两个水桶拴到扁担上，用力放上肩去，小心翼翼地弯下腰，把第三个水桶提在手里。河岸陡峭，她得上一个很高的坡，而她已经在上坡了。

提着水桶在踏板上的表演结束了。姑娘朝前弯着腰，你会觉得，现在她身上的一切都集中到了背上；她的全部力气、整个生命，这会儿都集中在脊椎骨上；她要去的地方似乎是那么远，那么远，那么高，那么高。有时，一匹小马拉着大车犹豫不决地停在山下，抽它一鞭子，突然它全身的力气仿佛都集中到背脊上，猛一下子跳起来，拉着大车向上走去；它要拉很久很久，路很难走，而且是那么高，那么高……

而我站在河岸上一小块冰雪已经融化的地方，俯瞰河水，觉得那么美好，我真想就这样站着，站着，但太阳已进入一小片乌云，空气开始变冷，雪也在结冰了。

四 月

透明的水

严寒没有在冰面绣花、没有用花纹把水遮起来的地方，那里的冰是透明的；看着这透明的冰，是多么美呀。可以看到，溪水在这层很薄的冰膜下面驱赶着一群气泡，把它们赶到一块冰已融化的水面上，以极快的速度赶着它们飞跑，仿佛有什么地方十分需要它们，得及时把它们都赶到一个地方去。

对大地的感觉

春天里，最主要的并不是看到的第一只白嘴鸦，也不是椋鸟，最主要的是让你的脚接触到大地：你的脚一踩在露出来的土地上，你立刻会感觉到一切，以前你度过的所有春天也都会集中在一起，于是你就会心花怒放了。

什么都听得到，什么都看得见！……

我们这地方有很多小山。冬天里，有一条路通过丘陵间的峡谷——一条只有冬季才能通行的道路。春天，这条路就变成了河，淹没森林茂密的丘陵之间整片低洼的草地；而到夏天，春天里洪水奔流的地方，整片草地上鲜花遍野。

当到处还是积雪，道路变成尚被冰封的河床——第一条大的溪流，而且几乎就是一条河流的河床时，开始迎接自己的春天，那是十分美妙的。为了这个节日，每次我都到森林茂密的两座小山南面去，山溪正沿着冰封的小路，在两山之间发出震耳的轰鸣。

北面的小山上，雪还纹丝未动；这儿雪却几乎完全消失了；树木之间，土地被晒得暖烘烘的，一个黑色的树桩已经晒得那样温暖，仿佛邀请过路的行人在它身上坐一会儿，听听溪水的声音。

从这儿什么都听得到，什么都看得见。春溪的絮语——这是大家都理解的，但除了絮语，还会不时听到一些噼噼啪啪，好似打人的声音。你们知道这是什么吗？多半你们是知道的，如果你们曾经倾听过春天里第一条溪流喁喁私语的话。这都是严寒老人的把戏，都是它在夜里干的好事，而现在溪流正在进行破坏。夜间严寒力图给溪流盖上一床绣花被，而现在溪流正在粉碎它；当严寒绣的白花纷纷破碎，落进水面，就会听到这些噼噼啪啪的声音。

太阳在帮溪水的忙；但你们可别以为，现在已经没有寒气了：它藏在阴影里，甚至在太阳火辣辣地晒着的大白天，它也在恶作剧。

瞧，那里有一棵高大的枞树，树枝伸得老远；在它下面，正好在它的阴影里，溪流从一个突出的地方跌落下去。从落下的溪水上溅起无数极小的、看不见的飞沫，躲在阴影里的寒气，像猎人一样捕获这些飞沫，用它们累积成自己的奇迹。

请看，对那些只有巴掌大小，密密麻麻像刷子一样的小枞树，寒气干了些什么呀！它给它们蒙上了一层冰花，把那么一大堆冰雪堆积在它们身上，以致只有十分细心的眼睛才能辨认出，在那些小冰箸和严寒制造的花朵下面，原来是一群密密麻麻挤在一起的小枞树。

树林里没有变化

这些日子不是突然发生变化，而是一天酷似一天，仿佛在照镜子。再没有比这些天更好、更纯洁、更美的了，但春天和心灵都要求运动。

运动暂时只是在田野里，在“喜鹊的王国”里，黑色的“羽毛”越来越多，可是树林里仍然没有变化。

灰色的日子

太阳进入一小片乌云，现在，早上它仍在照耀着，好似一个隐身人。也许它还会露面的，但明天，多半就开始是灰色的日子了——现在，这样的日子是必不可免的。

午后，一大片乌云从东方滚滚而来，看样子，是一片雨云。但当它来到近处，突然全都变成了白云；开始下雪了，纷纷扬扬，一直下到晚上。

搏斗

万籁俱寂，晴空无云；夜间寒气凛冽；现在，白天里，淡蓝色的阴影里到处都有寒意。林间的溪流里正在进行着多么激烈的搏斗哇！水从阳光灿烂的林间空地上急速流过，在阴影里，寒气却突然捕获了它。

小溪上冻了

寒气加剧，从早上已经可以在雪面冰凌上行走了。

我的小溪上冻了，一片去年的叶子，弯作一只小船，在光滑、明净的冰面上疾驶。许多气泡拥挤在溪流转折处，形成一堆泡沫，现在都冻僵了，变成一团冻结的棕黄色泥浆。

水的春天

真不愿忘记昨天那妙不可言的一天。头天晚上春汛发生了巨大变化，午后一切都沸腾起来了。早晨，一切都饱含着蒸汽，透过我们这大地上的蒸汽，太阳从上面隐约露出欢悦的笑脸，并证实我们微微战栗而又十分轻快的心中的喜悦。

我经过溪边，走到我心爱的森林边缘，在这里立刻发现，蚂蚁已经爬到上面来了。诚然，并不是所有蚂蚁窝里的情况都是一样的：有一些蚂蚁窝，那里所有的蚂蚁已经麇集在棕黄色的土地上，宛如一个黑色的大饼；另一些蚁垤里只是开始有一些蚂蚁爬出来，好似一些黑色的斑点；还有一些蚁垤里，才不过爬出个别的侦察兵。

耕过的田地解冻了，地里已经不能通行，幸而小路上还有一些冰的碎片，不过发出清脆的响声，脚踩在上面，不会陷落下去。

低低的天空

夜里下雨了：雨下得很大。太阳一会儿露出脸来，一会儿又躲进乌云中去。河面被冰堵塞住了，仿佛一动不动。空气沉闷、潮湿。森林里雪还相当多。下面的菜园已经开始变黑，森林里却是一片银白。

早晨，大地上冒起缕缕蒸汽，低低的天空用它的雾供给大地呼吸。看得出太阳在天空中的位置。河流清除了污垢。万尼亚拿来了新鲜小鱼。

我的第七十六个春天

早晨阳光灿烂，但也有变化，时而明亮一些，时而比较黯淡。正在解冻的菜园里，结冰的菜畦光彩四射，照得人眼花。管子里在往下滴水——没有寒意。

从屋里出去的时候，听到一只碛鹏的叫声，刚刚在想，我生活中有什么美好的事情是和碛鹏的歌声联系在一起的，突然看到，河在动了，它那塞得满满的、厚厚的冰层都在流动了……

今天由于大水，我穿上那双老大的靴子，分量是那么重，靴筒是那么高，我穿着它们，仿佛觉得自己是一个穿着沉重盔甲的古代战士。我踩在泥泞里，破碎的冰面发出如此清脆的响声，吓得路上的云雀像小老鼠一样赶紧从我身边跑开。

我好像觉得，今天沉闷的潮气开始消散了，似乎严冬之后，大地如梦初醒，第一次轻轻地叹了口气。我发觉，有一只云雀在割过庄稼的地里跑来跑去，寻找伴侣。当它找到伴儿以后，它们一起飞上天空作新婚飞行，后来又落下来；雄鸟要么再去寻找雌鸟，要么它就飞上天去，唱它那著名的新婚之歌。

冰在行进

真不愿忘记我在河边度过的那个黄昏。

你们知道，当冰块之间的争论已经结束，河上一切都在正常进行时的那种寂静吗？冰在行进，对此——它是走呢还是不走——从不征询我们的意见。在伟大的静默之中，只是偶尔听到一声短促的低语，小心翼翼地纠正越轨的行动，大概，说话的是某一年长的冰块：“你往哪儿——挤——挤？”一直是在悄悄地耳语，而这一切恰恰更增强了静穆的气氛，你觉得，这并不是死一般的寂静，而是一些有生命的东西为了一个共同的愿望集合在一起，要在融化之前，漂流到大海里去。

日落前，沉闷的蓝天上出现了一块太阳露面之前的红斑。以这片红光作为背景，一座小丘上清晰地出现了一丛黑魆魆的树影，它们紧紧挤在一起，仿佛正在向左方漂去。漂哇，漂哇，那些树却傲然耸立着，如同人们傲然站在地下铁道里，靠升降电梯带动他们。它们在红色的背景上漂哇，漂哇，终于进入蓝色的背景。这时，在红色背景上航行的已经是普通树林里一些稀稀落落的树木了。

我想，地球不也是像这样漂浮吗？而我乘坐着地球，也在航行，犹如仙鹤身上的跳蚤那样飞翔。哪里是什么……跳蚤！——不是跳蚤，而是要放大一千倍才能看得见的某种鞭毛虫。

太阳终于在红色背景上沉落下去，它显得更红了，不过并不耀眼，可以继续目送那些树木，正是它们在证明鞭毛虫庄严而又坚定的想法，尽管一切存在的事物所证明的恰恰相反。

“又是你挤——挤！”冰块们克制地低声说。

“我不屈服，我不向你们屈服，”我对在太阳前经过的树木低声说，“你们过去吧，去吧，我就是要瞅着你们，站在这儿，数一数。”

我记起最先看到的树丛，它们傲然耸立在小丘上，犹如站在地下铁道里；我想，在这段时间里，它们已经飘过了那么大的一块空间，于是恍然省悟，地球是以多么快的速度在飞行，在我反复思考关于有思想的鞭毛虫时，它已经飞过了多少路程了。

“轻一点儿，轻一点儿!”冰块对我小声说。

而我回答它们：“我不屈服，我不屈服!”

这时太阳已经西沉，旅行的树木都停下来了。

然而阳光从浓厚的蓝色背景后面冲了出来，冲到纯洁自由的天空里，一顶闪着金光和红光的皇冠在我头顶上方扩展开来。在我的头顶上面!

“轻一点儿，轻一点儿! 一切都是我——们的，我——们的，我——们的。”冰块谦逊地低声对我说。

太阳使人暖和

今天北风没有吹来，因此太阳使我们觉得暖和多了。蝴蝶复活了。既然鸫已开始唱歌，那么也该有山鹬了，但桦树的树汁还没有流动。

“它们一直都在这儿，”老大爷会这样说，“只是还看不出来罢了。”

昨天我和卡多[①]在森林里很惬意地转了一圈。道路就像在湖区里一样，从一个湖到另一个湖，从一块融雪的地方到另一块融雪的地方。

严寒的车辙

森林里，凡是人乘汽车经过的地方，那些宽阔的车辙里都灌满了水；严寒老人坐着自己的汽车驶过，在所有棕黄色和黑色的车辙上留下两条白色的带子，上面饰有奇妙的花朵，这就是它的车辙。

---

① 卡多：狗名。

飞　蛾

清晨，寒气还残留在大地上，犹如一块块洁白的麻布，当太阳晒暖大地，寒气全身都洒满了露珠。

在暖烘烘的阳光下，生命在一只飞蛾身上苏醒了。飞蛾是灰色的，颜色好似白杨树干；它落在草上，宛如一个小小的三角，像软体昆虫那样挣扎着，但翅膀不听使唤。我拿起它来，放在手掌里，仔细观看：飞蛾的头像猫头鹰，有两根橙黄色的长触须——是一只夜蛾。它停在手掌上，好像死了似的，但当我把它抛起来时，它飞走了，而且飞得多么快呀！

我们人也是这样，有多少人仿佛沉睡不醒，可是只要推他一下——他的劲头儿就来了！

在深处

当早晨阳光普照，暖气在扑灭寒气，北风对着春天迎面吹来的时候，这时应当到森林深处，找一块风吹不到的林间空地，在那里静静地等待奇妙的事件。

明天去猎山鹬

昨天在森林里一块阳光灿烂的林间空地上，我感觉到了天气的变化：歌喉婉啭的鸫唱起来了，同时，一只黑星黄粉蝶从春天棕黄色的尘土里飞了起来。当我走出森林，一阵微风迟疑地从西面吹来，后来又变成了北风，就这样一直到晚上，始终犹豫不决。风最后一次从西方呼出一口暖气，随后就静下来了。

日落之前半小时，太阳落到一条又宽又匀的厚厚的蓝带子里。回家以后，我给猎枪装上弹药，准备去打山鹬：桦树的汁液一流动，这时山鹬必然开始发情。明天，由于我试验性的屠杀，大自然将要遭受污染。

今天从一清早一切都开始实现了：夜里天气不冷，天空平静，一片灰蒙蒙的，远方呈瓦灰色；现在反正都一样：下雨嘛——那很好；如果太阳冲出云层，天就会更暖。

我的菜园里最后的积雪正在融化，气温是零上十二摄氏度，但冬天里土地已经冻透了，所以还没解冻，没有把自己的蒸汽送往空中，就连躺在太阳晒暖了的干枯草地上的狗，躺了一会儿，就又站起来了。

尚未穿上新装的树干

今天早上真美极了，一切都静悄悄的；这时微寒只会带来好的结果：动作轻快，思想无拘无束。天哪！打山鹬的时候，菩提树是在怎样欢迎我呀！

它们用它们自己的语言对我说了些什么，我听懂了，但找不到合适的语言来表达它们的话。和白桦一样，它们已经有树汁了，可是还没有树叶：尚未穿上新装的黑色树干在那儿耸立着。它们说，它们需要长得更高、更高……

那些树林深处的，是要越长越密，而它们是要越长越高。这就是它们想要说的，再没有旁的了。

白嘴鸦

每天早晨，有许多白嘴鸦在河岸上我那一小块土地里踱来踱去，甚至会走到我房前来，不断地点头致意。它们的腿都很细，可是毛长得又浓又密，好像穿着宽大的裤子。

鸦群中一只爱打扮的雄白嘴鸦，黑色的羽毛闪射出五光十色，在散步时意外地遇到一只爱打扮的雌鸦，于是，用它自己的方式，绕着它行了个屈膝礼，耷拉下来的翅膀尖划破了地面。

春汛之后

阳光灿烂，但天气寒冷，有风。早晨，早饭之前我到森林里去。雪还很多，连走路都觉得吃力。但山鹬发情时常去的一大块相当大的林间空地，雪已经融化得干干净净，就连橡树叶子也已经干了，风正在和树叶嬉戏。

这块林间空地上有几棵粗壮的橡树。几只啄木鸟扑向一棵枞树，在下面从四面八方啄遍它的树干。北面树林边上一片银白，南面却淹没在淡蓝色的春水里；干净的田野被弄脏了，白桦湿漉漉的，滴下一滴滴桦树的树汁。

河上，一昼夜之间，整整一条冰链只剩下了一些肮脏的小丘，用脚踢一下，它们就破碎了，变成一些长条的晶体。

田鼠正在工作。但就连林边水洼下的野草也还没有返青。脚踩在地上，感觉到有冰。

四月里的一天

如果按照人的情况来判断，那么这个青意盎然的、四月里的日子，就像人间这样的一天，在这一天里，她说："好的。"自然界里也是这样："好的!"在这以后，它又要披上绿色的新装了。

自然界里这样的日子好比人有时体验到的那样：浑身充满了使不尽的力气，如果能抓住什么东西，他简直能把地球都翻转过来。

一个腼腆的、心里突突直跳的男孩子在要求什么。她什么也不回答，只是低低垂下了头；他更加忐忑不安地再次提出要求，她把头垂得更低了。他终于克服了自己的羞怯，把双手搭在她的双肩上，向她弯下腰去，第三次对她低声说了些什么，这时她抬起烧得通红的脸，猛扑过去搂住他的脖子。

就在四月里的这一瞬间，到处都在发绿了，今天我们这儿就是这样的日子：她扑上去搂住他的脖子，这是她的“好的”。今天整个大自然都在回答我们说：“好的——”于是四面八方，到处都变成一片新绿。

我这样以亲身的体会，仿佛透过我自己来理解大自然，这丝毫也不奇怪，因为我这样体验过，我自己曾有这样的感受。我觉得奇怪的只是，如果我把这说出来，那么就连未曾有过这种体会的人也将理解我的意思。

原来，这儿的问题并不在我这个人，而是因为停留在这种感受上，在这上面运动着的是整个世界；而整个人类，作为同一生物，在欢庆节日；我参加了四月里的一天和它的新娘——尚未换装的森林里一棵色彩鲜艳、打扮得美丽动人的早春的柳树——的节日，作为一个惊奇而又欣喜的参加者，我能够为此作证。

土地蒸腾

在对岸，在河的南岸上，已经可以隐约看到一片绿茸茸的，这绿色甚至倒映在岸边淡蓝色的河水里。

从地上冒起的蒸汽使空气中弥漫着健康的红晕，因此河对岸绿色的针叶林仿佛变成了淡蓝色的。我从幼年时就听说，民间把这种引入注目的蒸汽叫作土地蒸腾。

一个多么奇妙的词啊！既适于用来表示赞美，又适于用来表示复兴，复活，感叹以及春天里一切欢欣、喜悦的感情。但为什么这一民间的词汇在文学语言中还没有合法通用呢？俄语中已经有整整一系列形容春之喜悦的伟大词汇得到了确认，难道在这一年里，我们人类的春天要从这里开始：我们将要使我们这个土地蒸腾和那些词汇一起得到确认，并使之合法化吗？

从一清早，这温暖的蒸汽，宛如热气腾腾的奶汁，化作点点水滴，又返回大地，那么温暖，那么稀少，如果有一滴水珠落到你的身上，那么它是等不到另一滴的：在另一滴落下来之前，它就又已蒸发，又在飞腾了。一小时，两小时，三小时，你只穿着一件衬衫，可是回家的时候身上仍然是干的。

拖拉机开动了，我毫不费力就在河对岸一片暗黄色的地带上找到了它。白嘴鸦成群结队向拖拉机飞去，和从前那些时候飞集到犁边去的情景一模一样。只是从前它们是傲慢的、大摇大摆地跟在犁后面，不慌不忙地走。我甚至觉得，从前它们对庄稼人甚至是稍有点儿迁就的样子。如今拖拉机开得很快，从它底下翻出来的虫子比从犁底下翻出来的虫子要多得多。白嘴鸦显得十分匆忙，赶紧去啄，以免虫子又躲藏起来：白嘴鸦不是跟着拖拉机走，而是急急忙忙飞近前去。

白嘴鸦已经失去了它们的傲慢神态；耕地的农夫现在已不是拖着脚步在犁沟里慢腾腾地走，也不再一刻不停地骂马，而是坐着，说不定还在唱歌呢。

繁花盛开的胡桃树和赤杨已把它们在风景画中所占的首要地位让给了早春的柳树。银莲花、密枝瑞香、紫罗兰正在吐蕊。

一只青蛙蹲在林间小路上，陷入沉思。稠李和丁香已经惹人注目地竞相开放了。

一块块小草地、一条条小路、一片片河滩地都已绿草如茵；所有翻耕过的地方都变成了黑色的；三叶草从灰蒙蒙的、去年收割过的土地里长出了绿芽，于是那里变得好似一块黑麦田，仿佛黑麦尚未成熟，而是才从微微发绿的土地里探出头来。

猎山鹬

河水在两岸之间奔流。森林里小路已微有绿意；到处都有一些小水洼，好似晚上在昏暗之中张望的眼睛。荒芜的田野里有一团残雪，好像一只小兔子蹲在那里：这是我的心在跳，而我却觉得，似乎是小兔子在动耳朵。一切都在盯着我瞧，我也感觉到这一切，不仅如此，而且使人回忆起某种熟悉的情景，于是连忙对自己说："快点儿理解吧！不然，这样的情况下一次可不会再有了。"

因此我闻到，每一棵微微发绿的白杨树干，都飘散出一股脚下落叶的浓郁香味。小白兔也对我说："看哪，请注意，要不然我很快就要融化，你再也看不到小白兔了：森林里将只剩下一些灰色的东西。"

一棵尚未披上绿装的树上，有一只鸫也在对我唱着同样的歌曲，歌词大意是：要知道，永恒正在逝去；而我，一个活着的人，应该在这个春天里，及时为自己从这永恒中多获得一些东西，然后作为自己时间的主人，带着手中的这些财富，到善良的人们那里去。

瞧，是一种多么伟大的想法突然来到我的心间：时间正在逝去，而我正站在两条小路的十字路口上，站在森林的路标旁边，作为时间的主人，从其中挑选出最主要的东西，而这最主要的东西将永远留在我的身边。

但听到一只正向我飞来的山鹬发出我所熟悉的声音。我举起猎枪，所有小水洼立刻闭上眼睛，所有的小白兔都一蹦一跳地逃跑了，鸫不再歌唱，所有装满我的猜想和各种财富的小箱子也都“砰”的一声关了起来。的确是不能只沉溺在思想之中啊！

大概每一个从事创造的人，在他就要达到尽善尽美的地步时，就是这样抛弃自己的一切成就，往往是功亏一篑，在最后一步丢掉他经过痛苦而漫长的攀登、正在接近幸福的梯子。

打猎归来

当我猎山鹬归来，穿过两座树林间的田野时，一弯新月君临天空。月亮下面，森林之间整个辽阔的空间，一片乌云画出一条黑线，把天空分作两半，上面是新门，下面，直到最底下，我和我的小狗正在松软的土地上走着，谁也看不见我们。

松软的、解冻的大地仿佛延伸到我的身体里，我好像觉得，我自己什么也不想干，什么也不能做，但愿老天爷让我能够挪动两条腿，我也就心满意足了；如果有谁要把我带走，想要把我怎么着——我反倒觉得高兴，就好像现在对春天的温暖和大地上升起的蒸汽感到高兴一样。

最初的花朵

它们——最初的花朵——是在什么时候、在什么地方露面的，这并不重要；最主要的是，在这个春天里我是怎样看到它们的，我第一眼看到它们时，它们像什么样子。昨天，那些太阳一般的小黄花开始出现了，射出一束束密集的光线，粗壮的花茎毛茸茸的。今天，小嘴里纷纷吐出淡紫色的花序。

午后，下起温暖的绵绵细雨，由于这场春雨，明天一切都将欣欣向荣。

稠 李

为什么稠李的幼芽好似锐利的长矛呢？我以为，冬天，稠李在睡梦中记起，人们过去是怎样折断它的花枝，于是反复对自己说：

“不要忘记，去年春天人们是怎样折断我的花枝，绝不饶恕他们!”

现在，春天里，甚至有一只小鸟也在用它自己的语言反复提醒它说：

“别忘了。绝不饶恕他们!”

可能，这就是稠李冬眠之后一觉醒来，着手工作，磨快千万支仇恨的长矛，用来对付人们的原因吧。昨天下了一场小雨，这些长矛都开始发绿了。

“皮基——皮基①!”一只可爱的小鸟向人们发出警告。

但白色和绿色的长矛渐渐地越来越钝了。根据过去的经验，我们已经知道，再往后，稠李的长矛里将会长出花蕾，而花蕾将开放出香味浓郁的花朵。

以前的小鸟正在孵雏，已经不作声了。

后来飞来一只夜莺，唱起歌来。大概正是由于这个骗子，稠李忘了自己的诺言：“不要忘记，决不饶恕他们!”由于它心肠太软，人们又将折断它的花枝。

朝 寒

晴朗的早晨从四面八方来到大地，缕缕轻烟朝气勃勃地袅袅升向空中。窗台那边，一只鹡鸰的小脑袋从窗外向我的屋里张望；一棵菩提树的

① 译音，意思是“长矛”。

断枝上，有几只椋鸟正在歌唱；几只䴓像老鼠一样，在树干上跑来跑去。

使它们如此活跃的，是早晨轻微的寒气。

白　桦

有时，小孩子是那样急不可耐地盼望着春天，那样没有耐心，老是在毁坏白桦，把树割开——可树是干的。

而当到了树汁流动的时候，就是不割破它，一切也都看得清清楚楚：如果去年的落叶在脚下发出簌簌的响声，如果各种树枝开始发红，如果柳树枝叶扶疏，如果树木散发出各种树皮不同的香味，这就是说，桦树的树汁已经流动，用不着去毁坏白桦。

但事情已经做过了，现在到处被割破的白桦都在哭泣。

羞答答的太阳

太阳每次都有不同的表情。即使晴空万里无云，太阳也好似羞答答的，有时候它是冷冰冰的，不是红的，而是黄的，各式各样的，它的光也是绚丽多彩。

今天太阳不知怎的显得怪难为情，以致公鸡都为此高声啼叫起来。

太阳和大地相会

今天热起来了，气温达二十度。这是大地和太阳第一天毫无阻碍的相会。

傍晚天色阴沉起来。太阳落进一片温暖的乌云里。猎山鹬时遇到了第一只丸花蜂，周围那么静，整片采伐迹地上都能听到它的嗡嗡声。水洼里密密麻麻长满了浓绿的野草。路边上也发绿了，绿茵显得格外鲜艳。夜里下起露水似的小雨，细雨蒙蒙，一直下到早晨。

小路发绿了

南面林边附近的小路微微发绿了，不管什么人走来，都会立刻发觉，并且说："小路发绿了。"这当中会产生多少奇妙的事物，要想把所有欢乐都容纳在自己心中，我的心显得多么小啊。

这就是我越出自己这个范围，今天为大家记下这句话来的原因："小路发绿了，我的朋友们!"

嫩芽正在舒展

当美展现在人们面前，就像春汛时的河流那样，美确实是美丽的。但如果它躲着我们，那么这还算什么美，这样的美和我们有什么关系呢。

昨天接骨木胖乎乎的嫩芽舒展开了，今天这已经不是嫩芽，而是粘在暗红色托叶上的绿色稀粥了。稠李树上钻出一些锐利的绿色小锥子；远远望去，白桦树上的嫩芽是巧克力色的，大概，已经长出绿色的小尾巴来了。

向上看，直到阔叶树的树梢，向下看，直到最下面的林下灌木，直到地上，到处都是嫩芽，嫩芽正在舒展，在树桩上坐一会儿，就可以看到正在发生的变化。

春天行色匆匆

毫无疑问，大自然中即将发生变化：昨天从早晨起。发生了什么阻碍，耽误了时间，虽然这延误并不十分明显；今天早晨天空蒙上一层厚薄不均的云，甚至突然下了点小雨，雨点稀稀落落，就是在空旷的地方，也可以在小本子上做笔记。

树上的嫩芽那样迅速地舒展开来，如果过一两个小时再回到原来的地方，准会发现什么意外的情况。

河流急急匆匆，由于匆忙，使水围绕着自己旋转的激流卷成许多漩涡。但河流庄严地带领河水急急前进，哪里理会这些漩涡：它们旋转着，和河水一起向前漂流，就像不久以前的浮冰一样。

喜悦的来临

阳光明媚的早晨，到处草丛上露水盈盈，闪闪烁烁。人们在给覆盆子和苹果树松土，为覆盆子削木桩，把汽车库清理出来，整顿好里面的工具等各种东西。

但任何事物，就连春天的一切鲜花，所有欢乐，都不能自然而然地使我感到满意，如果我不用自己的方式、自己的思想回答这一切，不把这一切都记下来的话。

只要有什么在我的心里一动，喜悦就会到来。

在晴朗的天空下

昨天傍晚气温降到了十二度，而早晨是六度。可是天空晴朗，太阳扑向森林，露珠扑向草丛，就连从来没有露水的地方，从针叶树树皮上流出的一滴滴树脂，现在也闪闪烁烁，发出耀眼的光彩。

白桦仿佛笼罩在绿色的烟雾之中，树冠已如此浓密，不像以往那样，透过树冠现在什么也看不清了，当乌鸦在绿荫中“啪”地一跳，甚至不能立刻就看到它。

橡 树

从早晨天色就有点儿阴沉，风也在淘气。但这一切都对付过去了，白天暖和起来，四周一切都在发绿，由于白桦的绿叶，远处黑压压的针叶林也仿佛满头花白了。

胡桃树已经发芽。像绷布的钉子帽那么大的绿色小鸟尽管数量很多，但落到纤细的树枝上，还是显得十分稀少，它们虽已落下，却仍然张着翅膀。

“飞吧，飞吧!”风想扰乱它们的心。

但小叶子还不懂得忧虑，还不知道担心：它们一落下来，就这样停在那里，天真而又感到惊讶。

白桦树上正在举行少女出嫁前夕的告别晚会。

橡树不相信地上和空中的一切色彩，不相信已经发绿的小路，不相信胡桃树上金色的小环以及一切叫做春天的东西。还在光的春天，它就在白皑皑的雪地上投下自己淡蓝色的影子。现在，下面它去年落叶上的冰雪已经融化了，它那难看的骨头架子的阴影就落在那些叶子上。是啊，它简直就不相信春天!

在青草和野花从它去岁的落叶底下探出头来，这位老人也在春天狂欢的花丛中埋葬自己的阴影，到开始发芽之前，大自然里还会发生许多奇迹。那时，大自然会在我们的气候中肩负起橡树发芽的重担，因此它自己在渐渐变冷了。

“怎么有点儿冷啊?”我们的朋友们说。

旁人回答他们说:

“这是橡树在发芽了!”

五月前的早晨

五月前的早晨真美极了。草和树，一切都在发绿，巧克力色的地平线上，桦树挂满了密密麻麻的嫩芽，鸟儿落在树上，完全可以藏在里面。一切都很正常：三月——是光，四月——是水，五月——是花。

树林尚未穿上绿装，飘散着树皮和桦树汁的清香。柳树刚刚披上绿纱，仿佛笼罩在轻烟薄雾之中，绿茵复苏，林间小路也看得很明显了。今天飞来了第一只杜鹃，第一只甲虫也开始嗡嗡地叫了起来。

第一次听到了杜鹃叫，但已不再占卜我还能活多久，只要能来得及把工作做完——这就是我唯一的心愿了。

回家时，在昏暗的树林里发现了一块林间空地，一些白桦在那里会合在一起，而我正好遇到它们。

它们还完全没有换上新衣，但饱含树汁，清香扑鼻，不过甚至不是这香味让人知道它们是有生命的，而不知是什么原因——你只要看看它们，就会感觉到：它们是有生命的!

迎接客人

节日——这就是每个家庭里迎接客人的日子。五一——这是客人们的节日，特别是在大自然里，那里有千千万万客人。

在太阳晒暖的地方

夜间气温降到零下。生起了炉子。天空积云，好似翻耕过的明亮的土地。我们翻耕过的土地上有发暗的漏耕的地方，这块明亮的土地上有一条条淡蓝色的光。

昨天，森林里林间小路上阳光灿烂，高高的小白桦树犹如两堵高墙，由于被太阳晒得暖烘烘的，那里真静极了。有一种非常奇怪的感觉，觉得自己一动不动，而它们却都在你眼前活动、生长。

一只色彩变幻、蓝中透绿的小甲虫，落到一片香气馥郁、树脂闪闪发光的翠绿色小叶子上，一动不动地停在那里。我弹一下手指，撵走了它，把那根树枝拉到自己跟前，自己把脸俯在树枝上，吸它的芳香。一切都很美，只是我不知为什么觉得非常害怕，竭力什么也不想，赶快回家。

损失和喜悦

当我低着头坐在一个树墩上的时候，在这春天的喜悦中飞来一只有白色羽毛的鸟儿，同时我的心里却仿佛若有所失，但丝毫不感到痛苦，因此已经记不起来了。

我还是努力想赋予这荒谬的感情以一种明确的形式，同时还一直在想着那只有白色羽毛的鸟儿，逐一回忆我知道的一切鸟类。只是当我已经到了家里，从窗户里看到一只喜鹊，我这才明白，原来那只有白色羽毛的鸟是一只喜鹊。

至于触动我心中喜悦的，是损失什么的感觉，我却一直没弄清楚……

夜里气温只有两度。早晨却妙不可言：为了这样的早晨，高兴忍受五月的以及一切时候的寒冷。

五 月

一滴露珠

林间小路上，一棵青草用刺刀样锐利的叶尖在去年的干草和一切发黄的废物中，为自己开辟出一条通向天空和太阳的道路；我发现，就在那刺刀尖上，有一滴露珠。

西伯利亚寒风

昨天已经完全要暖和起来了，可是吹来了西伯利亚寒风，晴朗的白天里开始变冷，夜间气温达到了零度。

苹果树还没有开花，据说寒冷对它们并没有害处；而对稠李来说，反正一样：如果不是寒冷，那么人们也要毁坏它们的。

天蓝色的窗口

五月的天气还不太热，这样的日子真是妙不可言，高尔基大街上菩提树正在发绿，小巷子里每家陋舍旁边都有一些树枝披上绿色的新装，而每一根树枝和人心里突然爆发的火花是完全一致的。

空气中饱含着温暖的蒸汽，天空布满阴云，只有东方，透过两三层帷幔，露出一个明亮的天蓝色窗口。在我们屋里及其周围，一切都好像传说中创造世界时第六天的情况一样——造物主看看自己周围的一切，于是说：

“我真是好样的，一切都好极了!”

松涛澎湃的松林岗

在松涛澎湃的松林岗上，有时会那样寂静，可以听到如同敲打似的“咕——咕”声，当你听着这种声音，抬起头来注视针叶树构成的林墙时，那么每听到一声“咕——咕”，在黑压压的墙上就会出现一棵小白桦树，穿一身那样透明的绿纱衣裳，透过它可以看清松林中的一切。

一声“咕——咕”——是一棵小白桦树，第二声“咕——咕”——是第二棵小白桦树；而第一棵自然就停留在那里了。于是一面在数“咕——咕”，同时占卜“我会活多久?”终于停下来不数了：有什么好数的呢！这时你开始去数令人心醉的小白桦树，它们披着嫩绿的轻纱，正从昏暗的松林中走出来。

回忆的芳香

闻到花香、树皮和去年落叶的香味，总是会有某种近似回忆的东西使你心情激动。可是有时在这些芳香中会有某种直接要求回忆的东西，这就像遇到某一个人，对他这个人你十分了解，可是却叫不出他的名字，也不能确定你和他有什么关系。

所有这些引起回忆的芳香都和童年联系在一起：这是初次闻到这种芳香时曾经发生过的事情。说不定我们的一切意识都是从这童年的材料上成长起来的，而从我们还在无意识地生活着的时候，就已经留在我们的记忆里了吧?

我所理解的这一切，是所有的人都经历过的，只有一点是新的：我比别人理解得更多一些，并且把它揭示出来，让大家都能理解。

发　现

明亮的光线落人昏暗的森林，发现，这天夜里，一只蜘蛛从一棵小花楸树树梢上的嫩叶架设了一条光彩夺目的道路，通到一棵小橡树那里。

这样的太阳，这样的光线，甚至能穿透枞树浓密阴暗的绿荫，那里，在浓密的树荫里，一棵被砍倒的白桦，树桩被流出的树汁弄得湿漉漉的，像一面镜子，闪闪发光。

心灵——杜鹃

有时，在森林里的道路上会碰到一棵树，树上落着一只杜鹃，翘起尾巴，正在像它通常那样“咕——咕”地叫着。但这不是我们那只真正的神秘的杜鹃。

那只杜鹃总是在远方啼叫，我们自己很想到那里去，不过始终知道，那里是无法到达的！

五月里明亮的阳光射进混有矮生菩提树的、阴暗的针叶林，树荫显得更黑了；而在亮处，小菩提树上的嫩芽已经长得老大，闪闪发光，正在开放，可是还没有完全舒展开来，这时准会听到“咕——咕”的叫声。

如果这个春天里杜鹃没有飞来，而且这种鸟儿全都死在迁徙的旅途之中了——那反正还是一样！你自己的心灵定会化作一只杜鹃，开始“咕——咕”地啼叫起来。

五月金龟子

顺着林间小路往上走，就会看到，前面两排树木之间，整座小丘烟雾腾腾：这是温暖的雷雨渗入大地深处，开始蒸腾了。从早晨起，这温暖的蒸汽好似蒸汽的奶汁，化作温暖的水滴，又返回大地。

所有这些天里（两三天），傍晚时从河上飞来大群大群的五月金龟子。从前它们在哪儿呢？

漫出来了

啄木鸟在一棵折断了树梢的老菩提树上凿出一些小洞来。最上面的一个洞里住进了椋鸟，有一只鸲住进中间那个洞里，最下面的洞里住进了一只欧鸲。白嘴鸦正在巢里长大。

松树幼芽紧攥着的小手指渐渐松开来，变成一个插着三支蜡烛的烛台。

一切都在开花。四周一切是那么华丽，那么丰富多彩，美不胜收，我的心灵，这个瓦罐，已经装不下了，于是一切都从我这个瓦罐的边上漫出来了。

紫罗兰

一天接着一天：雷雨，阴雨，炎热，阳光灿烂，野草长得十分茂盛，花儿开了，森林里已经看到了铃兰，花园里看到了丁香花。

松林里面，淡蓝色的紫罗兰在矮小的欧洲越橘“永恒”的绿荫中，为自己找到了栖身之地。

旧叶

我望着林间小路，欣赏茂密的青草如同绿色的刷子，遮住去年的落叶，把它作为肥料，吸收到自己的身体里去。

在我自己身上也是这样，喜悦犹如盛在什么器皿里的酒，在我心中慢慢升起，流遍全身，掩盖了一切不幸。

驾驶汽车的时候

昨天小雨只下了一会儿就停了，太阳冲了出来。我驾驶着汽车，注意到一片松林：一排稠李，一棵紧挨着一棵，排列在林边，花儿开得十分茂盛。

我觉得，好像有人碰了碰我的胳膊肘，低声说：“你看!”

一棵稠李，这五月的新娘，挺立在黑压压的枞树之间，全身披着白纱，香气四溢。这位美人儿到处都能找到栖身之地，什么它都不觉得可惜，也不为了自己爱护什么。

“折吧，折吧!”它说，“我豁出去了!”

铃　兰

有些生物，能够那样坦率、那样忠实、那样襟怀坦白、炯炯有神地观看，因此它们自己就好像太阳一样。有多少喜光的植物，当中开着一朵太阳似的小花呀。

不过也有些花，好像是一些理想家；它们当然是能感觉到太阳的，但永远也看不见它；它们的花，形状似乎是光和阴影相互作用的结果。

停在篱笆门上的夜莺

五月里，夜里依然寒气袭人，但早晨阳光灿烂，晨风中大自然里一派喜气洋洋的景象，这样的日子大概是永远也不会忘记的。一只夜莺觉得那么高兴，竟停在篱笆门上，甚至想试一试歌喉哩。

绿 茵

蕨类从自己的小环里钻出来了，它的色调与众不同，是一种完全特殊的绿色。太阳每天出来，情形也是这样：人都说它是黄的，可是仔细一看——色调是各式各样的，有时候甚至是红色的。

初生的蕨类当然是绿的，不过那是什么样的绿茵啊！

相 逢

一只蝴蝶和另一只蝴蝶不期而遇，互相认出了对方。于是翩然飞去，互相追随着在花丛上盘旋飞舞，越飞越高，越飞越高，直到飞上森林上面广漠的空间，不知被风送往什么地方。但这样的相逢是那么罕见！森林里的生物不知怎的越来越互不相识了：有多少彼此陌生的树枝互相点头致意，终日招手不已；桦树是怎样用它的树枝鞭打年幼的枞树啊。

我们的情况也正是这样：当我们在林中漫步，寻找着，暗自等待着的时候，等待我们的心灵彼此相遇……

日 落

太阳故意不完全躲藏起来，仍然露出一只眼睛——它自言自语地说：“再等一等，哪怕对一切再看一眼呢，看看我不在的时候你们是怎么生活的!”

早 晨

早晨又是在雾霭中诞生的，后来却变得光辉灿烂，壮丽非凡。枞树面貌焕然一新，松树插上了许多蜡烛。

乌鸦不知为什么在惊慌地大叫——难道它们这些傻瓜们已经从窝里飞出来了吗？丁香正在开花，铃兰也缀满了花蕾。

周围一切都十分匆忙，大家兴高采烈，在争论中互相打断对方，飞向四面八方，挤满了森林，就像在作选择邻居的游戏：“对谁都不满意。”

狗爪子

这是松树底下开在青苔上的很小的小白花，每一个小爪子上有九到十根小指，有的多一些，有的少一些，许多小爪子紧紧地挤在白桦树下，散布在青苔上，好像一块白手帕。

小 路

从人脚下扬起的灰尘总是散落在小路边上，这些灰尘对植物是有益的；因此，早春季节，当小针似的绿芽甚至尚未穿透水洼，朝气蓬勃的秋播作物还没能战胜棕黄色的泥土的霉层，小路两旁，以人脚下扬起的灰尘作为肥料，第一批小草已经换上碧绿的新衣了。

蒲公英

目前草地上到处还开着许多小黄花，但不久它们就要变成极好的蒲公英种子了。长着雪白的翅膀，像圆球一样。有附着力的黑色种子，真是遐迩闻名，四海皆知。

有多少孩子，千千万万个孩子将要助风一臂之力，帮着它把这些种子吹向四面八方，有多少老人看着他们，将要回忆起自己的童年！而蒲公英却使我想起，和它同时，沼泽地里会出现一些小田鹬，一种不比蒲公英大的小鸟，生着奇怪的长喙。于是就要以这些小田鹬为目标，开始认真地训练猎狗了。

六 月

白嘴鸦

小鸟们现在正处于这样的状态，它们已经完全能够飞翔，并自己觅食了，但是还没有经验。它们完全像大白嘴鸦的样子了，只是喙不是白色的，而是黑的；它们深深地隐蔽在枞树深处，父母却终日衔食物来喂它们。这是作父母的最困难的时期！

肺草和杜松

穿过样子很难看而且很脏的杜松，长出了一棵肺草，这位衣着华丽的美人儿在亮光中繁花盛开。你会认为，这是杜松自己开花了！

有些过路人就是这么想的，因此十分惊奇，于是说：

“真有这样的事啊——这么脏，这么难看，可是这时候花开得最好看。真有这样的事啊！”

“有的，有的！”停在肺草上的丸花蜂用低音回答说。

杜松自己当然默不作声。

无名小花

有一些很小的小白花，犹如五个花瓣形成的小碗——花序是这样排列的，仿佛首饰匠做好了一些宝石座，以便在每个宝石座上嵌上一颗钻石。

但夏天里嵌在每个宝石座上的不是钻石，而是露珠，在阳光下，它也像钻石一样，五光十色，变幻莫测。

野蔷薇

别墅里新来的住户经常要和妻子斗争：作丈夫的保护森林，作妻子的却竭力要扩充种浆果和蔬菜的菜地。这种斗争的结果几乎各人都不相同。

我们认识的一家人，是为了一大丛野蔷薇而斗争：几棵绿荫如盖的大树遮住了阳光，野蔷薇处于受压迫的地位。为树而引起的斗争一开始是女方获胜：树被砍掉了。于是丈夫集中精力为野蔷薇而斗争，终于获得胜利。这时别墅里发生了意外的情况，简直像是奇迹：受压迫的野蔷薇见到阳光，在九月里花开得茂盛极了，一直开到冷天到来。

从那时起又过了好几年，人们经常请求主人让他们去参观花园。主人们总是首先指着那丛长得十分茂盛的野蔷薇说，它从树荫下解放出来以后，在九月里繁花盛开，一直开到冷天到来的时候。

鹡　鸰

森林里竖起一根新的林区界标；那根旧的新倒在它的旁边，已经腐朽了，被虫蛀坏了。森林里的新界标有三面：写着三个不同的数字。穿过林间小路的动物，在每一条小路上立刻就会看到这个界标，有一些甚至赶紧跳开了，直到一只鹡鸰落到了界标顶上。

当它们看到鹡鸰翘翘尾巴，在这位来自人类世界的使者的秃顶上拉屎的时候，于是渐渐习惯了：界标竖在那儿，关我们什么事呢！

下雨之前

在森林里，下雨之前往往是那么寂静、那么紧张地等待着最初几滴雨点！每一片叶子，每一根针叶，在某一点上都好像是独一无二的。你一看就会知道，再没有另一片这样的叶子，再没有另一根这样的针叶，而同时它们又是一个整体，它们做的是大家都在做的事情。

景天和一株小草为了更好地显示自己，甚至爬上了一个树墩！

这不是，我也走到它们跟前；我好像觉得，它们都以自己的表情，像人们那样，转过脸来面对着我，要求下雨。

好像这是取决于我似的！

“喂，老头子，”我应它们的请求对雨说，“得了，别折磨我们了，下吧。”

不知是雨听话了呢，还是就像人们常说的：事有凑巧——雨真的下起来了。

林间空地

一条废弃不用的小路穿过林间空地，上面密密麻麻地长满了野草，犹如笼罩在烟雾之中，这就是我们儿时用来占卜的那种野草：攥紧手指，用手滑过草茎，如果形成一顶圆形的花冠，那么就是小母鸡；如果花冠上拖着一条小尾巴；那么就是小公鸡。现在这种野草一棵挨着一棵，汇集在这条废弃了的小路上，在鲜花盛开的林间空地上为人指路，远远望去，仿佛一片粉红色的轻烟。

最美的是林中石竹，不是红的，也不是紫红的，而是鲜红鲜红的，花瓣上有一些小锯齿，还有一些仿佛是故意撒上去的小白点儿。

菟丝子爬上一条砂质小路。它的花是白的和粉红色的，芳香扑鼻，依然是遥远的童年曾经闻到过的某种香味，可是怎么也想不起来，究竟是什么香味。

我不能想象，没有童年的人，鲜花怎么也会散发出香味，而且那会是什么香味呢……

活的树

我们这儿的小白嘴鸦们选中了一棵树，于是大声叫喊起来。老白嘴鸦叼着虫子飞来，当母鸦落下时，树枝被压得弯下去，当它飞走时，树枝又弹起来，小白嘴鸦就像在摇篮里一样，摇来晃去。

由于有许多看不见的鸟儿，整棵枞树一直在摇晃自己的树枝，看上去好像是一棵活的树。

在蔚蓝色的高空

一只鹞鹰扇动双翼，飞上高空，和一切鸟类一样，爬高以后，在蔚蓝色的高空翱翔，犹如一位君主。

七 月

雨

早晨又下了一场相当大的大雨。夜里草地上大雾弥漫。整整一天，森林里一会儿泪雨涟涟，一会儿又破涕为笑。只是到将近黄昏时，才下了一场雨量充沛的大雷雨。

干草垛

日子真美极了。夏天的云彩大朵大朵的，面积相当大，云遮不住太阳，可是投下一片片阴影，可以几个钟头一直望着河滩地，犹如望着大海。

昨天一整天异乎寻常地静，结果夜里下了一场小雨，早晨仍然下个不停。年轻的集体农庄庄员们在三个干燥的好天里挽救了那边的干草，堆起两个大干草垛，把草地打扮得更漂亮了。

白蘑菇

有时会有这种情况：你渴望能采到大的白蘑菇，于是仿佛觉得，那里不远的地方，有老大一个，好像一个树桩。个儿那么大，露水盈盈，银光闪闪，简直不敢相信。不！不如说恰恰相反，太相信了，只是害怕上当受骗，为了保险起见，于是自言自语地说：

“啊，这不是蘑菇，这只不过是个树桩罢了！”

“我亲爱的，”一个狡黠的声音说，“如果你相信这是树桩，那你干吗要往那边走呢？”

“会要走多远呢，”你回答他说，“我反正是要到那边去。”

就这样向那边走去；你已经左顾右盼，望着什么地方的红菇，甚至要竭力把白蘑菇完全忘掉。可是您要知道，有时蘑菇是会捣鬼的：看到一个蘑菇，而由于旁边有什么别的东西，分散了注意力，从那里再一看，什么也没有了！有时会有这样的情况：它简直完全失踪了——你找啊，找啊，在周围转来转去，踩踩草丛，拨拨灌木、羊齿——就是没有。

“当心，它会逃走的!”狡狯的声音悄悄地说。

“让它逃走好了，”你回答那个狡狯的声音，“我是来采蘑菇的，又不是来采树桩的。”

于是——“咔嚓!”一刀割断了一个粉红色红菇雪白的蘑菇脚。

“嗳，”那个狡黠的声音说，“你别胆怯呀！下定决心，把事情办完吧：要正视现实啊。”

“正是如此!”你回答那个狡黠的声音。“早该这么说了。”于是你抬起眼睛……

你在生活中寻找什么，等待着什么，为此耗费了多少时间，结果却是徒然，出现的情况完全不是你所期待的。但当你到森林里去采蘑菇的时候，找到的却正是你所期待的东西；如果你找到了白蘑菇，那么它总是比你所想象的更好，于是你用贪婪的眼睛紧盯着它，竭力想看个够，永远记住它那迷人的姿态；可是你是看不够的：下一次看到的蘑菇又是这样的，好像你从来都没看见过。

母亲的声音

做了母亲的鸫在吱吱地叫；做了母亲的夜莺歌声婉啭，如泣如诉；作为母亲的大雷鸟发出“咯——咯——咯”的声音。

蘑菇的建筑学

大自然中的蘑菇——这就是建筑学的创作。不能吃的毒菌中有一些这样的蘑菇，它们的样子完全像一座座清真寺……

椴树开花了

椴树开花了，飘散着椴树花蜜的芳香。椴树之间，一只从童年时就熟悉的金色小蜜蜂，正张着翅膀，停在空中的阳光里。你发现了它，从一旁走过去，回头一看——它仍然在原来的地方一动不动。

所以这个问题仍然没有得到回答，而小蜜蜂已被忘记了。现在又回想起来，这样的答案来到了我的脑海：一切没有翅膀的东西都想飞；而那些有翅膀的，在节日里，当椴树开花的时候，大概停着不动也觉得很美。

音 乐

雾很浓，万籁无声，被雾沾湿了的叶子闪闪发光。雾散后，天气晴朗，宏伟壮丽——夏天里大自然丰满而又充实。

今天，阳光灿烂的早晨，昏暗的森林里真静极了，我感觉到这样的寂静，陷入沉思；而当我从沉思中醒悟，向外界张望时，看到，在树林间的光辉里，昨夜落在树上的亮闪闪的雨滴，正从树枝上跌落下去，由于这些雨滴，下面羊齿的叶子像翅膀一样，抖动不已。

这样在寂静中凝神沉思，仿佛从一面小窗子里看到一切，而且感到毫无拘束。当有风的时候，总是并非自己，而是有谁在对我悄悄地低声耳语，说个不停，在宣扬什么，或者是在号哭。如果不知道这都是风干的，那么就会寻思，这并不是我在这儿，而是另一个人走过来了。

但有时，毫无声息的微风静悄悄地和树叶、树枝嬉戏。于是我觉得，似乎我是个聋子，听不见那无形的生物触摸树叶时奏出的音乐。这时我望着树叶和树枝的摆动，猜测那音乐的旋律。不仅如此！——那时我设想，我们也和树叶一样：我们仿佛也在战栗、抖动，力图冲向什么地方去，可是我们都是聋子，一点儿也不理解由我们自己的动作奏出的音乐。

在橡树之中

森林里有许多橡树，但每一棵橡树都有一些白桦和白杨包围着它。

橡树傲然挺立，独立不羁，决不依赖旁的树木，看上去真美极了。只有菩提树站在它的旁边，毫不降低自己的身份，犹如一位妇女，就像白杨和松树那样，不过它也是独立的，在任何方面都不亚于橡树。

森林的呼吸

有时寂静仿佛无意间来到森林，一切都静默无声，就连你自己也在哪儿的一个小树墩上静静地一动不动了。有时候，树木、灌木丛、野草和鸟儿们仿佛互相商量好了似的，说："咱们别作声了！"于是一切寂静无声。你自己也陷入沉思，并用新的眼光重新观看早就熟悉的一切。

连一根树枝儿也不晃动，连一片叶子也不颤抖，只是根据树冠的形状你才知道：树木都好像是蜡制的——谁也不能用蜡把这一切做成如此不规则的形状，但就整体来看，却又比正常的形状更美。

这时你的面颊感觉到，似乎有人从树林深处朝你吹了一口气。或许，这只不过是你觉得如此吧？不！瞧，一根像编织针那样细、几乎齐胸高的草茎轻轻地摆动了一下，它的顶端是正在开花的冰草的帚状花冠，它向另一根草茎点了点头，另一根也弯腰向第三根点头致意。接着，那边由一根细茎支撑着的羊齿也和旁的羊齿低声絮语；它们所谈的，也都是我的面颊所感觉到的：在绝对的寂静中，在上面，森林也像人一样，正在从内心深处呼吸。

心灵躲起来了

天空阴云密布，灰蒙蒙的，好像秋天的样子，一清早就下着毛毛细雨。心灵躲起来，藏在家里，暗自感到高兴：因为有个地方可以躲避恶劣的天气，在寂静中养养精神，等到想要出去的时候，再到田野里和森林里去。

雨

昨天在雨声中进入梦乡，今天早晨又和它相遇了，起来的时候正在打雷。但这场雨并不是雨过天晴，很快就会过去，它仿佛只是为了让阴云布满整个天空，给它蒙上一层灰暗的幕布。

雨匆匆忙忙，一个劲儿地浇下来，马和牛群却自管在草地上吃草。

燕 子

洪水几乎和春天里一样，所有的小桥早就被冲走了，岸边一些砂杞柳从变成了一些小岛。一只母燕子把它抚育的几只小燕子安置在一个这样的小岛上，使任何人也不能妨碍它喂食。人们围在四周，有小孩儿，也有大人。

小孩子们在发愁，因为怎么着也够不到它们，老人们却对燕子的智慧惊叹不已：竟找到了个这么好的地方——大家都看得见，可就是不能碰到它。

火 鸟

当夜里刚下过雨，早晨太阳在田野里灿烂发光的时候，阳光也会透人阴暗的森林，到处都洒下一些金光闪闪的火红色斑点。

黑色的阴影显得更黑了，于是仿佛觉得，一群火鸟，犹如童话中的“飞马”，飞进森林，停了下来；你自己则等待着，想要捉到一只这种天国里的神鸟。

整整一天天气变幻莫测，时而阳光灿烂，时而大雨倾盆。傍晚雨霁，明晃晃的太阳冲出云层。许多蚊子云集在一起，团团飞舞。微风尚未完全停息，吹动树枝，亮晶晶的水滴又大又密，跌落下来，打散正在游戏的蚊子，把它们分割成几团。

我们的心灵也是这样：无法抑制的生之欢乐犹如汹涌的潮水，在我们心灵深处沸腾，像无数气泡，像成群的蚊子，向上飞腾，而某种不可避免的事情，恰似密集的水滴，迎着欢乐跌落下来，粉碎了对幸福、对自由的一切希望……

又是一个光辉灿烂的早晨；但广播里预报，晚上有雨。就算有雨吧，但早晨是我的。即使再不会有任何早晨——而这个早晨却是属于我的！

猫尾巴

当气旋逼近时，天空中有一种叫做猫尾巴的云预兆下雨。但天空中也有反气旋逼近的时候：那么同样是猫尾巴，却预兆好天。可见，问题并不在“尾巴”本身，不能根本不管旁的征兆，单凭猫尾巴来判断天气。

而人们通常都是像判断天气那样，笼统地判断一切：既然有猫尾巴，那就是说，要下雨。

雷雨之后

早晨如同幸福一般来到人间。

雷雨之后，森林里凡是阳光照得到的小路，都冒起了蒸汽。

就连枞树林里，阳光也好似一根根倾斜的光柱，穿透林冠，落到森林里面。在这些光柱中，可以看到，有一棵小树，像新年枞树一样，打扮得花枝招展，五光十色，璀璨夺目。

蚊子捣罂粟

晚上，蚊子在枞树间稀疏的光线中团团飞舞——据说，它们是在捣罂粟。小鸟、蝴蝶、丸花蜂，所有穿过这些光线的东西，刹那间都变成银白色的。突然一大滴银珠似的水滴落进这片银光中间，接着又是一滴，又是一滴。每一滴水珠都带走一部分捣罂粟的蚊子，但其余的却毫不惊慌，仍然在捣罂粟。

最后，雨滴接连不断，雨下大了，只剩了不多的几只蚊子。下雨的时候，这儿哪里还会有什么罂粟呢！可是固执的英雄们仍然在捣个不停。结果怎样呢？雨停了，被打翻在地的战士们身上干了，又飞起来，蚊子们又在捣罂粟了。我们对这英雄的游戏毫不理解，却说：

“大概，准是好天气！”

飞翔的花朵

土豆开花的时候，总有许多白色的小蝴蝶在花上飞来飞去，似乎有一些花开腻烦了，它们想飞，现在这不是蝴蝶，而是一些小花在土豆花上飞舞。

八 月

艾

雷神节[1]已经过了，有些地方黑麦已经堆成了麦垛；可天气还是那样，阴沉沉的，老是断断续续地下雨。艾已经发黑，当你无意中斜着眼睛看到它时——仿佛是一个人站在那儿，正在从一旁望着你。

一天的略图

雾落下去了。绿茵仿佛在雾中洗了个澡，全身湿淋淋的，闪闪发光。雾刚一落入森林，光线立刻发现了它。雾降落到草地上。（它认输了：爱拿我怎么办就怎么办吧，我可要躺下了）

描写夏天一天里所有的露珠，最后：白杨上有两滴露珠融为一体，这滴露珠在原地干了，飞走了。

时令过了

森林里撒满五彩缤纷的叶子，期待着会在它们中间看到蘑菇。有多少次仿佛看到各式各样的蘑菇，可总是弄错；每次都忘了，如果遇到真正的白蘑菇，那是不会弄错的。

蘑菇越来越密，林间小路上到处都会出现蘑菇的时节已经过去了。

---

① 雷神节，也叫圣伊利亚节，在旧俄历7月20日。

夏 末

燕子，小燕子和老燕子们，在水面上成群飞舞；其中一些大胆的，在短暂的瞬间里稍稍停留一下，触及水面，在上面留下一个小圆圈儿。

我坐在河边，进入寂静的世界。

到森林里去

在这样一个有利于蘑菇生长并适宜打猎的、有雾的早晨，我到森林里去，等待着——自然界类似的生活将从什么开始，是我主观上的诗人生活呢，还是我的哲学家的生活——我不知道，把它叫做什么较为确切。

我知道，就在大自然里，有我个人的一粒小小的种子，如果我找到它，偷偷地看它一眼，那么我的内心生活就会和大自然完全协调一致：那时不管我看什么，大自然中的一切都会在我的心灵里出现。但是在大自然中，我的这颗种子总是突然一闪，刚刚开始出现，自己就又消失了；因此我永远也不能说，对我来说，这一切是怎样开始的，这是一粒什么种子。需要作出很大的努力，使我期待的情景再现。

我知道，当然，首先应当让自己集中注意力。于是我开始这样做了。

瞧，是不是阴暗的森林里这些鲜黄的羊齿，这些如此鲜明地标志着秋天开始的羊齿？我那颗种子是不是包含在这生命运动的明显证据里呢？我试试看，把它记了下来……我又看到：整整一个夏天里，白桦第一次向长在它下面的小枞树撒下许多小小的金币。那么，看来一切都是从大自然中的运动开始，大自然中的运动又引起思想的运动。

而这又是什么呢？一棵松树，像一个小姑娘，才有我胸膛那么高，伸出树枝环抱着一棵小枞树，宛如母亲怀抱着婴儿，为它御寒。在这棵树妈妈后面，翘着枞树树梢上的轮生树枝，犹如一根小手指；下面，从松树妈妈底下隐约露出几根树枝，比松树自己的树枝还要苍白一些。

发现就是这样开始的：开始发出了生命运动的信号，发黄的羊齿和撒在枞树上的金黄色的白桦叶子。这些运动的标志引起了我的注意，一切都由此——从运动开始了。

今天我可以说：最初是大自然中的运动；它引起了人的注意；而且，既然这注意力是为了寻找材料的，于是它为自己找到了一棵拥抱着喜光的枞树的、喜光的松树。

于是人在细心观察树的时候，就像照镜子一样，认识了自己的生活。

大熊星座

夜间想必是天气凉爽，窗子上蒙上了一层水蒸气，如果透过蒙上水蒸气的玻璃看出去，星星仿佛都肿胀了。大熊星座正好在我的窗子对面。我不知道这种现象该怎样解释，但不知怎的，总是从秋天起才能开始看到大熊星座。

秋天的

白天，人们开始在炉子里稍微生上一点儿火。今天，明亮的太阳透过蒙上一层水蒸气的窗子照射进来；露水洒遍大地，不是像一颗颗晶莹的钻石那样，而简直是像一大片牛蒡或者是像整整一畦甜菜在熠熠发光。

从一清早，天空中蔚蓝色的底子上就飘浮着一朵朵蓬松的白云：广播里预报，今天无雨。得有多少干旱的日子，才能让大自然的顾客不至于为了阴雨连绵的夏天而咒骂大自然啊？

雾

明亮的雾，这时眼睛什么也看不清，而心灵却深信。不久太阳就会从雾中出来的。

起初白天甚至完全和夏天一样，只是由于水蒸气和雾，犹如头上的白发，仿佛感到稍有点儿秋意；不过多亏有雨，整个这段时间里仍然到处一片葱绿，简直让人感到惊异。

只是在一片白桦密林中，根据枞树可以看到，白桦树上已经有一些金黄色的叶子飘落到枞树身上；那里每棵白桦树下都有十来棵小枞树环抱着它，整片白桦林就挤在茂密的枞树之中。

只是快到上午九点钟的时候，才开始能看清河的对岸。仿佛它清醒过来了。但在那边燕麦地里干活的人，还看不清楚，只是从雾中传来了他们说话的声音。

如果有雾，那么所有的树，特别是枞树、灌木丛，甚至连草丛上，有时都会挂满蛛网：枞树上仿佛从上到下都挂满了碟子。

但我说不清：是蜘蛛喜欢在雾中结网呢，还是由于雾滴落在蜘蛛网上，像一粒粒珍珠，使蜘蛛普普通通的作品变得更显眼了。

九 月

最后的温暖

寂静，蓝天悬挂在仍然苍翠的树木之间。太阳穿云透雾，从早晨起就在慢慢地为自己开辟道路。

夜里天气变冷了，说不定，日出时沼泽地里太阳照不到的北面的土墩已经蒙上一层白霜。

晚上月亮从树后升起，好似一片大火。早上阳光灿烂，浓厚的蓝色阴影里洒满了露珠。

大地和天空

一会儿细雨霏霏，一会儿阳光喜人：一天之中会有上百次变化。当一切淋过雨的东西在太阳照耀下突然发出光彩的时候，一棵小松树，周身挂满亮晶晶的水珠，打扮得美丽动人，好像是一位小姑娘站在那儿，只是没有说出："我也是个大人哪!"

在变化如此频繁、这样漫长的一天里，有时会有十分平静的短暂瞬间：似乎一直在往山上走，现在终于到了；休息一会儿，再下山到山谷里去。

秋天就是这样开始了。

荨 麻

淡紫色的林下灌木变成了黄色，它们下面已经铺上了枯黄的落叶的地毯；森林里飘散着蜜糖饼干的香味。

草莓叶子是血红的。一棵一人多高的荨麻已经发黑。叶子消瘦，上面布满小洞，老态龙钟……想要对它表示怜悯，碰了碰它，而它，尽管这么衰老，却仍然像青年时一样扎人!

蜜环菌

如果从枞树树干之间向树林深处观看，那么枞树后面会出现一道天国里的金墙——这是被秋天镀上一层黄金的菩提树墙。蜜环菌遍地都是，真多极了。护林员说，如果细看采伐过的树林残址，就会发现，所有树桩上都蒙着一层很小的蜜环菌：明后天正是它们生长的时候。

温暖而又阴沉的早晨，细雨蒙蒙。这时蘑菇真太好了！我也在这里，而不是在莫斯科。

我打猎打得痛快极了，在一棵枞树下面躲雨。雨滴滴落下来，叶子在颤抖，有一些掉下去了。

一片叶子被雨滴打得颤抖了一下，坚持住了；而另一片叶子却落了下去。

早上天气潮湿，天空中却有晴起来的希望。白天发源于黑夜，犹如河流发源于黑暗的森林。

风

风总是风，它一直在吹；秋天里它在吹，和它在春天、夏天时一样；当它从树上扯下一片叶子，带着它向前飞去的时候，它甚至觉得兴高采烈。

风不知道，这些叶子已经枯死，是不能和它一道远飞的。

微 风

有时，山上青草茂密，在阴影里，草丛之间几乎是黑漆漆的。有时微风吹过，轻轻抚摸生机勃勃的草层，被微风抚爱的野草就会发出光来。

愉快的影子

黎明时雾更浓了，雾滴落到白桦叶子上面，叶子驮着雾滴，越来越重，终于脱落，落到地上。

当太阳升起，雾也散了的时候，雾滴不再滴落，生性快活的早晨的微风开始和白杨叶子嬉戏；由于树叶颤抖，它们的影子也在灰色的白杨树干上跳来跳去。

时而有一片叶子脱落下来，随风飞去，于是它那愉快的影子也随着它一起消失了。

风铃草

有时，在早上、白天、或者是晚上，你紧紧跟随着时间，亦步亦趋，一步一步向前走去。很难说，要怎样才能和时间的步伐配合一致。只是如果在这样和谐的行进中，你去注意什么事物，那么对你来说，它就仿佛变成了人；如果你要写点儿关于它的什么，那么就好像是在记叙一个人的事情。

这不是，现在我坐在一个树墩上，看到：落叶犹如流水，风卷起它们，堆得几乎齐膝盖深，可落叶还是不能淹没一棵高高的天蓝色风铃草，在九月末，它仍然高踞于黄叶之上，开着天蓝色的花。

阳光在阴暗的森林里遇到了它——长长的草茎上精致的花朵，它并不害羞，而是容光焕发。

四周静悄悄的，不知什么地方，一些看不见的甲虫发出响声，似乎这是阳光飞进阴暗的森林，在寂静中发出这样的声音来。

初 寒

夜里大概很冷。早上，经过寒气袭击之后，太阳烧坏了黄瓜的叶子，它们卷缩起来，变成黑色的，许多被它们遮着的绿色小黄瓜都露出来了。

夜里又是满天星斗，但早上并不冷，当太阳暖和起来的时候，夏天又返回大地，只有菜园里黑色的黄瓜叶子，好似蝙蝠的翅膀，给人留下了关于寒冷的回忆。

迁 徙

风送来一股腐烂的叶子的香味，但不知为什么在这风中却感到心情振奋，仿佛大自然里到处都在为未来的夏天准备肥料，而在自己的心灵里，秋播作物正在发芽。

金黄色的白桦叶子好似候鸟，纷纷落在林荫道上休息，所有枞树上也都撒满了落叶。但有时也有真正的小鸟落下来，现在正是它们迁徙的时候。

河

每天我都在河岸上走。天空刚一布满阴云，河流立刻变得那么寒冷，可怕。而当天空光彩焕发——现在它的心情和兴高采烈的天空是多么和谐一致！

阴云冷酷无情——作为对它的回答，河流也显得冷冰冰的，像一只对人毫无任何需求的猫，看上去神秘莫测。你望着它，不是根据主题想象，而是按照客观形象认出：是一只猫，猫正在观望呢！

田野里

有个什么东西倒在田野里。从远处看不清究竟是什么，不由自主地老是朝那边张望，自己在问自己：“这是什么呢?”

而且在某种程度上，这还不仅仅是看着“可疑”而已，而是心里有什么想法，如像：这是不是一个被打死的人躺在那儿呢?

这是什么呢? 即使是一块石头吧，但既然它倒在那儿，这就已经可疑了：不知怎的，似乎田野里是不应该有任何东西的。

十 月

金色的密林

白天十分寂静，大片云彩里泄出几缕阳光。阳光落到哪儿，哪儿就出现一幅奇妙的图画，画着染成金色的密林，在这片金光中，大地那样朝气蓬勃，光彩四射，景象是那样奇特，如果把它画上画面，谁也不会相信画家画的是真实景色。

色彩和声音

有几种葡萄会给人以某种香味的特殊感觉。这就像作用于眼睛的东西，有时也会转变为声音：有一次，在十月里，一个寒气袭人、阳光灿烂的早晨，我看到了一棵金色的小白桦树，而且听到了树上发出小金铃铛叮叮当当的响声。

而春天打山鹬的时候，光、色彩和声音经常互相取代对方的地位。

生命力

一切都在消失，一切都在凋零，但什么都不会死亡，即使死亡，也会立即转变为旁的东西。瞧，一个树墩渐渐腐朽了，却披上了常春藤似的青苔。老树桩紧紧裹着青葱的常春藤外衣，在它的怀抱里长出一棵美丽的毒蝇蕈来。

在熟悉的森林里，你感到茫然失措了，似乎所有的树和灌木丛都摘下了通常戴着的绿色面具，每一棵树都变成了另一个样了。当你抬头观看它们的时候，它们也在看你，每一棵树都用它自己的方式想着你。

最后的蘑菇

一阵大风，菩提树叹了口气，仿佛从胸中呼出千千万万金色的叶子。又是一阵狂风用力猛一扯，于是所有叶子一下子都散落下去，老菩提树发黑的树枝上只剩下稀稀落落的几枚小金币。

风这样把老菩提树戏弄了一阵儿，又悄悄走近一片乌云，猛地一吹，乌云水珠飞溅，立刻化作一场秋雨。

风追上另一片乌云，驱赶着它，于是从这片乌云后面冲出耀眼的阳光，湿淋淋的森林、田野全都发出了光彩。

棕黄色的落叶把松乳菌都埋起来了，但我还是找到了一些松乳菌，还有变形牛肝菌和鳞皮牛肝菌。

这就是最后的蘑菇了。

秋天的鸟

时候到了：山雀从潮湿的、变冷了的森林里渐渐来到人类居住的房屋附近。

灌木丛里一片黄叶动了一下。它动，是由于水滴的关系呢，还是因为灌木丛后藏着一只小鸟？

突然，从一朵锦葵花上滴下一滴水，落到一朵较低的花上；汇合在一起的水滴又落到一片沉甸甸的茉莉叶子上，于是它，这片黄叶也落下去了。

这时发现，叶子后面有一个戴凤冠的小脑袋；我们认出，它是一只山雀：这是一只戴菊鸟，最初是它触动叶子，水滴滴落下来，接着叶子也掉下去了。

今天一天有两件意外的事：一只大山雀有两次从气窗飞进我们屋里来。

秋 灯

春天，山鹬有时在这片灰蒙蒙的白杨林里追求伴侣，而现在白杨林里已经黄叶纷飞了。

阴暗的树林里点起一盏盏明灯，有的叶子在阴暗的背景上灿烂发光，仿佛在燃烧，使人目眩。

菩提树已经全身乌黑，但还剩下一片鲜艳的叶子，挂在树上，像一个灯笼，仿佛有一根看不见的灯芯，正在发光。

阴 沉

早晨阴沉沉的，整个天空一片灰黯，后来越来越亮，终于晴起来了，仿佛一个沉睡的人，在一场不安定的睡眠之后睁开双眼，高兴地想：原来那是做梦……

今天早晨潮湿，有雾，不是很快就醒起来，它听得见。可是不想睁开眼睛。

飞吧，飞吧

叶子一片接一片从菩提树上纷纷落到屋顶上来，有的像降落伞那样飘落，有的像小蝴蝶那样飞翔，有的是像螺旋桨那样旋转着降落下来。这时，白天慢慢睁开双眼，风从屋顶上卷起所有叶子，于是它们飞向河边，和候鸟一起，不知向什么地方飞去了。

这时你站在岸上，独自一人，用手扪着心，心灵却和鸟儿、落叶一起，不知飞向何方。

有时会感到如此忧伤，而又如此舒畅，并轻轻地喃喃低语：

“飞吧，飞吧！”

就这样，白天许久方才醒来，当太阳出来的时候，我们已经在吃午饭了。我们为晴朗、暖和的一天感到高兴，但已经不再期待十月小阳春里在空中飞翔的晴丝：一切都四散飞去，眼看鹤群就要飞走，然后是大雁，白嘴鸦——一切都要结束了。

初雪

今天到了零下八度。晴空万里，阳光灿烂，心灵和宏伟壮丽的自然景象完全和谐一致。而这是从昨夜开始的：从白天到夜里，以及整整一夜，一直在下着蒙蒙细雨；黎明前下雪了——初雪，刚刚结成冰的水滴又变成了雨；而在北面，微风吹下雪花：南边在下雨，北边在下雪。蜘蛛没料到天会变冷，到处张网，想要捕捉黑色的苍蝇，可是飞来许多白色的苍蝇，沉甸甸地挂满蛛网，看上去好似一些吊床。

森林里庄严肃穆。高高的大树下，各种灌木——赤杨、忍冬、花楸、稠李，各种各样的灌木！——都在向对方夸耀自己，看谁保存的小金币最多。

寂静、阴沉、温暖，天空几乎接触到地面，天气就像托尔斯泰骑着快马去打猎的时候那样。

山上耸立着一片森林，太阳从森林后面冉冉升起。每一棵黑色的树都向铺上一层严霜的、白茫茫的大地投下一条淡蓝色的影子。

一束明亮的阳光闯进树木之间白色的空隙，一棵榛树上最后几片镀金的叶子仿佛在阳光中熊熊燃烧，好像真的是一些金叶子。

河里，就连紧靠岸边的地方，都还没有玻璃似的薄冰。

鸟和叶子

在透入秋林的阳光中，你简直弄不清哪里是落叶，哪里是鸟儿在飞翔。

而在一块很大的林间空地上，就连已经落下去的叶子也不得安宁：有一些好像老鼠那样跑过林间空地，另外一些团团旋转，仿佛在跳环舞，一面转，一面跑，而当遇到一股从树林上面吹过的阵风，于是急忙在深蓝色的、几乎是黑压压的乌云下，在它们和光辉灿烂、犹如林间空地一般一小块一小块的蓝天之间向前疾驰。这时你已经分不清哪里是落叶在飞驰，哪里是候鸟在迁徙了。

羊齿还完全是碧绿的，但现在已经几乎被黄叶掩埋起来了；落叶飘散着淡淡的清香，脚踩上去会发出沙沙的响声。

枫 树

枞树用自己浓密的枝叶遮住阔叶的枫树；秋天，枫树在枞树之间不会枯萎，反而色彩艳丽，容光焕发……而当时候到了，就像有人面对死神，把双手叠放在胸前，它也脱光自己的叶子，光秃秃地站在那里，不过十分镇静：从它这里再没有什么可以拿走的了。

䴓

目前太阳还相当暖和，可是昆虫已经冻死了，树皮里已很难再找到它们。大概这就是每天早晨䴓都跑到路上去的原因；通常它们都是头朝上或头朝下绕着树干跑上跑下，在路上，立刻就能从旁的鸟类中认出它们，这就像水手在陆地上很容易被人认出来一样。

麻 雀

灌木丛里有什么东西在动，我仔细一看，突然高兴得要命——这是麻雀，我们的麻雀！它和我们住在一起，它是自己人，不会离开我们再飞到任何地方去了。

和平的形象

寂静。树木之间笔直地升起一条淡蓝色的烟柱。从一清早，蚊子成堆成团，在捣罂粟。温暖，明亮，那么美，那么安静，那么清醒，春天从来没有这样的情况。

住在窗子上面装饰板下的麻雀们像在春天里那么活跃，有一只嘴里甚至衔着一根垫窝的绒毛。它们找到了自己栖身的地方：它们感到舒适，也不妨碍我们!

是的，今天就正是这样的早晨，似乎大地上的每一生物都找到了自己的地方，谁也不碍谁的事：这正是世界和平的形象。

秋天在微笑

这样美妙的天气，在四月里也难得有这样的好天。小白桦树已经完全凋零，准备一觉睡到春天，而现在却仿佛觉得，如同在四月里一样，它们正在准备发芽。乌鸦也像在春天那样，一个劲儿地热情大叫。雷鸟开始喃喃低语。村里有人放声歌唱，周围都能听得见他的歌声。

未 来

叶子从树上飘落了，但未来的叶芽，未来生命的嫩芽却已经确立，每个幼芽上都有老大一颗晶莹的露珠，熠熠发光。

自由感

早就注意到，当吹入森林的微风摇撼树枝的时候，其中含有一种特别深沉的美。早就在寻找描绘这种情景的方式。也许，该把这种情景和落叶结合起来描绘吧？我将观察一下看。

秋叶宛如一枚枚硬币，已经冻得那么硬，要么是已经干枯了，所以在它们簌簌颤抖、互相碰撞的时候，能够听到响声。

簌簌颤抖的叶子互相碰撞，力图挣脱，飞去。但当它们脱落，掉下去的时候，大批大批的叶子却变成了肥料。叶子是这样，也有很多这样的人，但具有自由感的真正的人却会长出翅膀，始终前进。

松 鸡

我沿着树林边缘往前走，脚步很轻很轻，没有一点儿响声。我看到，有一只松鸡在小路上走来走去，一面在地上啄食。我让身躯保持固定不变的姿势，十分平稳、从容不迫地挪动双脚。松鸡让我走到了离它很近的地方，它给予我的快乐，并不亚于我带着猎枪。

不仅如此！我认为，我打猎的嗜好是由于从前精力过于充沛，而缺乏想象力。现在我的精力衰退了，然而，天哪！难道松鸡就只是供人打猎的吗?

十一月

林中的雪姑娘

昨天在森林里看到了雪姑娘：她的一只耳环是一片金色的小叶子，另一只却还是绿色的。

不带猎枪

在森林里看到了一只正在近处奔跑的松鸡，这应该记下来：深秋时节，树叶飘零，大地已经上冻，松鸡看得十分清楚，而且肯让人走近。今天有一只松鼠也在向我卖弄风情。还看到许多山雀聚集在一起：大的，小的，凤头山雀，小山雀。

我没带猎枪，这多么好哇！我好像觉得，终于能使自己心里如此宁静，森林里的每一点都将是这样生活的起点，叫人简直来不及把一切都记下来。

一只山雀，头朝下站着，不知要从凉台的柱子上把什么东西啄出来。经常住在窗框装饰面板后面的两只麻雀看到了，飞过来，赶走了山雀，自己把一切都细细察看了一遍，什么也没有找到，于是又回到窗子上去了。

感觉到了冬天的气息

今天天气再好也没有了，这样的日子每个季节里只有一天。阳光下，房顶上在往下滴水，背阴处寒气弥漫，整天坚持不散。在阳光照射着的地方，树枝上落下一滴滴水滴，而在阴影里，水滴又凝结起来，于是上层树枝上雪花织成的长毛绒渐渐变成了下层树枝上的冰箸。

河上漂着冰凌，看样子很不干净，但冰就是这样由星星点点的冰屑形成的。靠近岸边铺着一层独特的、犹如砂糖一般洁白、绣着花纹的冰。冰凌正像搽粉一样涂抹到这层冰上去；在水流较急的地方，冰凌只是把岸边的冰层修理成一条直线，而在河湾里，冰凌却会不知不觉渐渐变成一层半透明的极薄的薄冰。一只大胆的乌鸦在这片冰膜上行走，已经不会陷下去了；它胆大是不会冒险的，稍有危险，它就展翅高飞了。

只要再过一两天，和冰封的小河湾一起延伸到河中心去的彼岸，以及我们这边、冰凌冻结到岸边冰层上去的此岸，这永远互相敌视的两岸，就要联结在一起，互相亲吻，直到初春，整整一冬都要冻结起来了。

但突然天气转暖，现在两岸仍然互相敌视：河水在冲刷一边的河岸，对岸却渐渐淤积起来。

河上铺满由冰镶嵌成的密密的花纹，仿佛河流在完全冻结以前，先恶狠狠地把冰全都打碎，然后就静止不动了。

但原来安静下来的河流并没有停止流动，河里的冰仍然在微微向前移动。只要严寒再稍微加一点劲儿——一切就都停住不动了。

林中的镜子

路上林中水洼里比较冷的那一部分水，在温度下降时，升到表面上来，严寒把它们锤打成一片白色的薄膜，在上面绘上一些我们从未见过的热带的花朵。

难道你会懂得严寒要花干什么吗？可是如果根据自己的心理来判断，那么就一切都明白了：严寒幻想遥远的热带地方，而趁它忙着描绘花纹的时候，温暖的水就逃进了地下。

所以整个水洼就只剩下一层很脆的白色薄膜，上面画满了热带水藻的花纹。

深秋时，风甚至会吹走落在枞树上的白桦叶和白杨叶。但秋更深时，枞树上就只剩下一些骑在树枝上的松针，形状像一些小叉。这些松针，风已经刮不动了。只有到春天。当雪从树枝上滑下去的时候，它才随身带走这些松针小叉。

河结冰了

昨天白天太阳好像很好，晚上又是一轮明月。妇女们下去担水，一个对一个说：

“我们的小河要上冻了。”从一清早，冰花闪闪烁烁，渐渐形成许多很薄的冰块，冰凌像在流冰期那样沿河顺流而下。

大地和水不再相信太阳的许诺，就连阳光灿烂的白天里，背阴处和北坡上积雪的白斑也不再消失了，而且——只要想想看哪——在温度这么高的时候，透明的薄冰就在明亮的阳光下不断地沿河漂流，以后它们就要变成冰了。那边有一个人穿着靴子，上了冻的、干燥的大地在他的靴子底下发出低沉的响声。

大地上冻了！

小桥边，除了河那一边还有一条孔道，冰凌堵塞了所有可以通行的空间，于是所有冰凌都推推挤挤，往那边，往那条唯一的通道挤去。

河结冰了！

一切都静止了

人们把牲口放进了草地，如果秋天青草长得特别茂盛。我们这里总是要这么做：秋天让牲口稍微吃掉一些，这对它们是有好处的。似乎牲口准会冲到草地里去，然而并不是这样！母牛和小牛犊都站着一动不动：它们觉得，站在最后的阳光下晒晒太阳，那真是太舒服了。

冰凌也懒洋洋地通过两岸冰层之间狭窄的通道，沿河顺流而下。冬天之前，一切都静止不动了。

蚂蚁王国

从前不知什么时候，一个巨大的蚂蚁窝建造在一个巨大的树桩旁边；过了许多年，蚂蚁窝遮住了树桩，完全吞没了它。又过了许多年，蚂蚁王国消灭了，野草、蘑菇和青苔长出来，从下面遮住了它。现在时候到了，密密麻麻的小枞树从上到下把整个蚂蚁窝严严地掩盖了起来。

今天我在森林里打破几个结冰的水洼，冰已结得那么厚，冰下面是干的：冰把水全吸到自己那里去了。

物候学

零下九度，河水仍然奔流不息，在我那寒冷的车库里，水桶里的水也没有结冰。后来稍有点儿寒意，河水仍然在流，岸边厚厚的冰层正在逐渐扩展。汽车房里的水桶，我根本就没去想它。然而当寒气并非微不足道的时候，河立刻冻结起来，汽车库里的水也结成了冰，把桶底都挤掉了。可见，不要那么害怕突然袭来的严寒，应该担心的倒是虽然并不厉害，但长期滞留，每天都在起作用的寒气。

所以冬天最初只是用雪和寒冷吓唬我们，它自己却在不知不觉地慢慢走近，于是你会突然感觉到：它猛然袭来，统治了大地，真正的冬天到了！

新　雪

微有寒意，从早晨起，雪花就纷纷扬扬地飘落下来，新雪对一切地形关怀备至，撒在昨天的雪糁上。

暮色苍茫，似乎有一只白兔从树林里跑了出来，于是站住不动了。但这并不是白兔，而是什么静止不动的东西，虽然我们看得时间越久，它就更加明显地在发生变化。然而这毕竟不是它在动，而是人类的心在推动身体……

思想——小鸟

你一进入森林，奇妙的思想立刻像一群群鸟儿振翼起飞，于是一切都动起来了。但你自己开始清清楚楚地理解，这一切全都是由于你自己，你甚至希望让树木也和小鸟儿似的思想一起行动起来。

但树并没有行动起来，树一动不动地站着，各自在它自己的位置上：这不是，这棵是枞树，那棵是松树，那棵是白桦。树无疑是站着不动的，而森林中全部迷人之处也正在于此：你自己和你的思想在积极活动，向前飞驰，和绿色海洋的喧哗融合在一起，而树却站立着一动也不动。

秋 霞

朝霞和晚霞，黄澄澄的，如同熟透的安东诺夫卡苹果。

快到晚上的时候，这些天来黄澄澄的天空变得通红通红，因此天也暖和起来了。

黄中透红的霞光被天际一条蔚蓝色的带子衬托得更加显眼，太阳就躲在蓝色带子后面。

大地已经上冻，北面斜坡上撒上了一层薄薄的霜花。在暗红的朝霞中，我在安静地喝着茶。太阳好似一只红翅膀的金鸟飞出来了，太阳上面飘浮着朵朵深红色的云。

林中的钟楼

夜间的雪使树枝变得十分沉重，现在雪正顺着树枝慢慢地融成水滴，于是树枝渐渐抬起头来。当傍晚开始变冷的时候，寒气当然首先把水滴冻成了冰，而树枝上的积雪下仍然有水滴流出来，流动的水滴流到已经结成冰的水滴上，这时它们都冻结在一起，使冰箸变得更长了。当一棵树上全都挂满叮当作响的小冰箸时，寒气终于止住了正在融化的雪。

清晨，林间空地上光辉灿烂，阳光下，枞树上挂满奇妙的礼品，熠熠发光，风——这位打钟人开始在林中的钟楼上打起钟来。

河结冰了

快到晚上的时候，气温变暖了，大地已经上冻，不管什么到了水里，都静止不动：把一块石头投到冰面上去，发出一声清脆的响声，但不会把冰打破，而且冰凌已经不流动了。

太阳不像昨天那样落进透明的云彩里，而是落进一片很厚很厚的云层里。月亮出来时，脸有点儿发红，怒气冲冲，但照在水面的影子已经看不出月球上的地形，什么也没有：既没有眉毛，也没有鼻子……

冬天的标志

白天天色阴沉，严寒并不害怕，大白天里也在坚守着自己的阵地；快到晚上的时候，寒气更加凛冽了。瞧，这正是最可靠的冬天的标志：严寒和乌云正在为新的降雪创造有利的条件，而再有两三次像第一次那样的新雪，就一切都完了，一切都将被掩埋起来，雪再也不会融化，我们带着猎狗出去打猎的事也终将结束了。

真好像三月里的天气，我久久地在森林里寻找某种标志，好让一个沉睡了许多年刚刚醒来的人，能够确定这是什么季节。瞧，我终于在一条被雪埋没的林间小路上看到——从一棵树上吊下一面蜘蛛网，网的尽头有一个小圆球。“这是不是蜘蛛冻死了？”对小球这样猜测。我仔细研究，细心观察，终于看清：这是上个星期大雾弥漫时凝聚起来的水滴，水滴结成了冰，下雪的时候，几片六角形的小雪花粘到结冰的水滴上，于是就变成了一个小球。

所以确定这是十一月，而不是三月：三月里，不会留下任何蛛网的痕迹了。

十二月

真正的水滴

昨天雪下得很大。雪稍稍融化了一些，但昨天大滴大滴的水滴都结成了冰；今天天并不冷，可是冰并未融化，水滴悬在那里，仿佛是真正的水滴，闪闪发光，灰暗的天空也仿佛悬挂着——眼看就要飞去……

我弄错了：阳台上的水滴是真正的水滴！

在城里

上面仿佛在下着蒙蒙细雨，天空好似一个无底洞——这已经并不惹人注意了。电灯光下，水仿佛在瑟瑟发抖，上面有许多阴影：人在那一边走，他的影子却在这里：头在颤抖的水上过去。

谢天谢地，一夜间下了一场好雪。从窗户里望出去，昏暗的清晨，借着路灯的灯光可以看到，扫院子的人正在铲雪，雪从铁铲上顺利地洒下去，这么说，雪还没有变潮。

昨天白天水洼开始结了一层薄冰，地上结冰，莫斯科人要跌跤了。

阴影的春天

日至。作曲家H. 向我祝贺“光的春天”。无疑，这是我的说法，而且将长期这样说下去：光的春天。我自己却在开始考虑阴影的春天了——不是吗，只是亏了阴影，大地上才有生命。

光啊光！那里没有四季，太阳只管燃烧，一直在燃烧，这是地球在旋转，是它的自转产生阴影，对光进行调节，好延长地球上的生命。

人类的镜子

整个大自然都包含在人类的心灵之中。但大自然里并不包含整个人类。人类掌握语言、占主导地位的那一部分跨出了大自然的疆界，现在已走向更为广阔、更为遥远的领域。

只是当回首往事，人类才把属于他自己的大自然看作自己的镜子。

大自然的门户

但有时我们好像觉得，似乎大自然——这种外界的生活——在某个时候曾经是我们本身的生活，不知怎的后来从我们这儿分离了出去，而诗就是对过去这种统一的理解。

诗，这就是架在我们人类这个第一世界和大自然那个第二世界之间的桥梁。

科学却恰恰相反，认为大自然的这个世界是第一世界，而人类世界是第二位的，来自于第一世界：为了形成人类思想的世界，千百万年那里在进行着无情的、毫无意义的斗争。

这样看来，艺术和科学，似乎是由自然世界进入人类世界的两扇门户：大自然通过科学之门进入人类世界，而人类则通过艺术之门走向大自然，在这里人类将认识自己，并把大自然称作自己的母亲。

大自然的君主

改造大自然，控制大自然，是从自身开始的：从幼年时，就教导我们控制自己；那些学会控制自己的天性和自己才能的人，我们就称之为“聪明人”。

既然如此，那么我们为什么不能控制外界的大自然，不能把它变为我们的财产呢？也应当改变它，训练它，就像自古以来那些有经济才干的人驯服家畜一样。

在可以撕下的日历上

在一页可以撕下的日历上读到：“大自然中没有仁慈，人向它要求的不应该是仁慈。”（米丘林）

大自然对人是没有仁慈心的：无须乎从它那儿期待仁慈。人应当和它斗争，并做一个仁慈的人，对大自然进行保护，既然他是它的君主和胜利者。（普里什文）

童话的起源

人类是在大自然里诞生的，因此我们常说：大自然母亲。从这一事实产生了我们对大自然的宠爱。但在大自然里，人类往往由于有形、无形的敌人的袭击而死亡；往往死于和这些包含在大自然里的敌人的斗争之中。如此说来，对于人类，大自然既是母亲，又是凶狠的后娘。

所有我们的童话都来源于此。

景　天[1]

从童年起，别人的思想就像秋林中干枯的秋叶，纷纷降落到我们才能的稚嫩的幼芽上，我们需要吸收它们，好让自己嫩绿的幼芽能够长得更高。但要在别人腐朽的思想中找到自己个人的思想，那是多么困难哪。

大概这就是为什么我在夏天走进森林，这样留心、这样讨好地望着自己周围，特别是望着下面，望着野花和小草。还既没有蘑菇，也没有浆果，连我自己也还不知道是在寻找什么。我似乎是在某处寻找，甚至知道、并看到了我要寻找的东西，但只是找不出合适的词儿来说出它的名字。

瞧，现在我看见了，高大的枞树之间，树底下，密密生长的、最娇嫩的小草覆盖着一棵景天。

我眼看着阳光像一枝很细的金箭穿透阴暗的枞树，落在景天上面，阳光刚一接触到景天的三片叶子，这些小叶子立刻平放下来，于是白菜变成了一把小伞。

那里，在枞树后的高空中，太阳正在缓缓移动，阳光也在挪动着，在光照之下，兔子的白菜渐渐变成了兔子的小伞。

我感到幸福，高兴极了：我看到了某种东西，找到了某种东西，现在，我甚至知道我是在找什么，并找到什么：我在寻找我自己的思想，并在我亲自参与的太阳、森林和大地的工作中找到了它。我是一切的参加者，而我的欢乐和我的思想也正在于此。

---

① 景天，植物名。在俄语中，把景天叫做“兔子的白菜”。

新的河床

也许使人类区别于动物的不是理智，而是羞耻心：人类开始为动物的繁殖方式感到害羞了。

正是从人类感到羞耻的时候，大自然的河床发生了变迁，它自己停留在旧的河床上，人类则在自身的运动中挖掘了一条新的河床，并在其中奔流不息，水位一直在上涨；而大自然在旧的河床中流动，水位一直在下降。

人类把他们过去从古老的大自然那里取来的一切都搬到自己的岸上，并按照自己的方式重新进行安排。

大自然会纠正的

应当把要操心的事丢在家里，内心中满怀着喜悦的愿望，不慌不忙地走着，心里老是想着要集中注意力。这时，一切都会回答你的注意——一朵淡蓝色的风铃草在微微点头；松树下一个长满青苔的坐垫在邀请你坐下去；一只松鼠调皮地戏弄你，从上面对准你丢下一颗枞果来。

需要留心观察大自然，但要按照人类的方式进行思索。你看，当你在思维之途中迷路的时候，就会出现一些奇妙的事物，来纠正你，来帮助你，微笑着，像晶莹的露珠。色彩绚丽，闪闪烁烁，兴高采烈，使你回到正确的道路上来。

我相信这一点，我大概知道，是有这种情况的，因此我允许自己去想我要想的，甚至是不允许去想的一切。

我在思考我想要寻思的一切，深信大自然会纠正我，会指出，整个人类应该怎样思索。

“希望”和“必需”

当你感到仿佛被什么紧紧夹住，心情压抑的时候：不管是在看一本难懂的书，感到头痛欲裂；还是佝偻着身子坐在汽车里；或者躺在床上，备受噩梦的折磨——大自然都会以其迷人的形象呈现在你的面前，你从自己屋里往外一看，立刻心花怒放：那里，在大自然里，生活是那样令人心醉！真想丢开一切，跑到那里去。

那又怎样呢？你就丢开一切吧，只是要记住，你的时间也将随同你而逝去，而且前面，那里的景色越美，越是迷人，你就越难担负起你自己的“必需”。

对于我来说，大自然，这就是环境，我们人类的一切才能，犹如花朵一样，都是从那里生长出来的。

我认为，每一个能够了解自己、了解自己天性的人，都能在那里发现潜伏在自己身上的天才、使命和行为（自己的“必需”）。

不仅如此。他还能在那里找到为自己的意志辩护的根据，为符合自己天才运动的“希望”辩护的根据，并发现，这运动也就是所有开花的植物的共同运动：向上，向着太阳。

一只死蝴蝶

路边上，淡紫色的风铃草丛中，有一丛薄荷正在开花。我想采一朵来闻一闻，但有一只小蝴蝶，并拢翅膀，停在花上。不愿为了让自己高兴而打搅蝴蝶，我决定稍等一等，于是站在花旁，把自己的一个想法记到小本子上去。

结果我忘记了蝴蝶，写了很久，而当我写完以后，醒悟过来——原来蝴蝶还在以同样的姿势停在薄荷花上。

“不过不会有这种事的！”于是我用脚尖轻轻碰了碰薄荷花茎。蝴蝶摇晃了一下，晃得很厉害，但它还是没有飞走。莫非它死在花上了吗？

我小心翼翼地捏住小蝴蝶并拢的翅膀。蝴蝶没有挣脱，没有在手指中挣扎，触须也一动不动。它已经死了。

当我把它从花上拉开时，和它一起拉出了一只藏在花中的淡黄色蜘蛛，肚子像一只挺大的浅绿色小球。它用它所有的脚抱住蝴蝶的肚子，正在吸它的汁液。

有几个住在别墅里的人从一旁走过，说：多美的大自然，多好的日子，多新鲜的空气，多么和谐！

难道不是十分清楚吗？大自然无论如何绝不是和谐的，这是人的心灵里产生了和谐、愉快和幸福的感觉。

统一的力量

人类认为可耻的东西：生存竞争、性、疯狂的仇恨以及生活的一切其他“妙处”，在大自然里全都赤裸裸地暴露出来。试问：为什么我们进入大自然中会感到喜悦呢？

我们在大自然中接触到生命的创造时，自己也参与其中，于是就把我们与生俱来的和谐感当作大自然的特点。这一切纯洁而又独特的人类的思想、感情和大自然接触时，突然爆发出火花，获得新生，人类自己站了出来——于是被破坏的和谐也就逐渐恢复了。

这样一来，亲爱的人们，疲惫不堪的城里人和住在别墅里的人们，你们不愿在大自然中看到在城市里使你感到如此疲倦的那种斗争，你们是完全正确的。在大自然中，你们只是高声赞叹，而你们当中最天真的人还在开始植树、栽花、营造公园。

这当然只是一些天真的尝试，试图把人类带进大自然去的那种无限的感情表达出来。

甲虫的飞行

如果大自然中一切都是圆满的，那么为什么一只甲虫在它交尾飞行时会被荆棘刺穿呢？另一只甲虫从一旁飞过。不认为这有任何意义，仍像它会永生不死那样继续飞行。但一个人从路上走过，漫不经心的目光落到了甲虫身上，他突然站住，犹豫了一下，小心翼翼地、轻轻撮起两个手指，把它从荆棘上取下来，高高地抛向空中。当甲虫飞走时，他微笑了。

这个人就是大自然的上帝和君主。他把甲虫的使命还给了它，甲虫又像能够永生那样飞翔了。

大自然中没有人类的思想和语言，但当人返回大自然去的时候，能了解每个生物都在努力争取说话；而当一切生物都占据了各自的地位时，人会从大自然的各种声音里了解到，它们正在作出自己的努力，各自为获得说话的能力而斗争，因此他觉得十分高兴。

人类的镜子

要想了解大自然，就要和人十分亲近，那时大自然将成为一面镜子，因为人类的心灵里包含着整个大自然。

大自然——这就是为全人类的经济提供的材料，也是我们每一个人走向真理之路的镜子。只要好好思索一下自己的道路，然后根据自己切身的体会去看大自然，那么必然会在那儿看到你个人思想、感情的感受。

看起来这似乎是多么简单——两滴雨点在电线上互相追逐，一滴雨珠耽搁了一下，另一滴赶上了它，于是两滴水合为一滴，一起落到了地下。这么简单！但如果想想自己，想想人们在孤独中，彼此尚未相遇，尚未会合在一起时心中的感受，带着这些想法去研究水滴的结合，那么就会发现，两滴水溶合在一起，原来也并不那么简单。

如果献身于这种研究工作，那么就会像在镜子里一样看见人类的生活，就会发现，整个大自然就是整个人类——这位帝王——生活的见证者，如同一面镜子一样。

大自然里有水，它的镜子映照出天空、山峦和森林。人类不仅自己站了起来，他同时还拿起镜子，照见了自己，于是开始仔细端详自己照出来的形象。

狗在镜子里照见自己，认为那是另一条狗，而不是它自己。

很可能只有人能够懂得，镜子里的形象就是他自己。

一部文化史就是一篇故事，叙述人类在镜子里看到了什么，而且用他在这面镜子里还将看到什么的形式来描绘我们的全部未来。

为永生而斗争

大自然力图以其种子的数量来和死亡进行斗争：总有若干能活下来，

就这样生命得以延续下去。

当从大自然回到我们自身时，看来好像是，我们人不是以数量而是以质量来为自己的永生进行斗争的——力图创造出不朽的事物。

在某种程度上我们达到了目的：有一些非常古老的艺术品，就是现在，它们还是使我们赞叹不已。

杠 杆

大自然犹如人类本身过去的远景展现在我们面前，但当你运用意志的力量，努力进入大自然时，于是立刻就分裂为自己的过去，也就是大自然，和作为一个人的你自己了。可见，不是未来，而是现在，这才是使人类和大自然分离，并把人类投向未来的杠杆的支点。

对故乡的感情

一个人随便在哪里听到儿时曾经听到过的、故乡的鸟鸣，或是一首歌曲，或是闻到某种花香，精神都会为之一振！对屠格涅夫来说，在德国的田野里，故乡的大麻会发出多么迷人的芳香！

但如果说，故乡就是你出生的地方，如果这是正确的话，那么为什么当你来到一个远离故乡的地方，那里的自然景色你毫不熟悉，那里的声音是陌生的，空气也完全两样，土地散发出的香味也和故乡大不相同，那么为什么当你认识和理解了闻所未闻、见所未见的事物时，也会感到精神振奋呢？而且似乎觉得：你一生都在往这儿走，终于走到了，现在一切微不足道的小事都使你觉得惊奇：我们那里乌鸦是灰色的，这儿却是黑的；我们那儿喜鹊是黑的，这儿却是天蓝色的。

你要懂得，你出生的那里，你从黑暗的娘胎来到光明世界的那个地方，并不是故乡的全部领域，你所到的地方，也是故乡，而对故乡的感情，也就是向光明的运动。

旅 行

我们当中的每个人，在旅行时必然会在远方为自己发现什么新的东西。等回到家里，这才看清楚原来熟悉的东西，就这样来丰富和扩大自己的故乡。

青年时代，我去过高加索，在白云般的雪山中度过了一个夏天。当我回到家里，这才第一次在我的家乡看到了白云。从前我对它们丝毫也没留心，但在雪山中住过以后，才对到处是一片片黑麦田，遍地都是车矢菊和母菊的叶烈茨平原上空的白云有所了解。于是，在我那正在成长的诗人意识中，雪山变成了故乡的白云，由于去了一趟高加索，我遂具有了诗人气质，成了故乡白云的诗人。

其实在高加索的时候，我还在厄尔布鲁士峰上遇到过冰川。我面前是一堵淡蓝色之中透绿的冰墙，一股流水喧嚣着、咆哮着，从墙下奔腾而出。冰川上有厚厚一层灰色的脏东西，上边覆盖着大大小小的石块。阳光直射在冰川上，它在一点儿一点儿地融化，边上的石块不时夹杂着轰然巨响，跌落到水里。不可能站得很近，于是我躲在一个小山洞里，在里面待了很久，等着看石头一块又一块地跌落下去。

从那时起已经过了很久。今年，莫斯科冬天不太冷，时常解冻，房檐上挂满了冰箸。个儿老大、闪闪发光的冰箸从房顶几乎倒挂到阳台上，时而缩小，一会儿又结一层冰，长大了。我对这些冰箸的生活心向神往，想要猜出它们长大的原因；突然发现，我的房顶上有一道冰川，就其实质来说，和厄尔布鲁士山峰上的冰川毫无二致。就连晚上开始上冻的时候，房顶上积雪的冰川底下也仍然在往下流水，一滴滴的水结成冰，冰箸就越长越粗，越长越长了。

现在我明白了，毫无疑问，正是因为过去我在高加索遇到过冰川，才使我自己房顶上这条类似的冰川现在能被发现。更确切些说，不是冰川被发现，而是我的眼睛睁开了：我在自己的房顶上看到了冰川。

一切都是如此：整个大自然就在我们手边，只是要想睁开眼睛看清它，就得满足自己对远游的渴望，然后再回到家里来。

所有这些我们对远方的向往，以及在远方的旅行，最终都将以回到亲人的身边作为结束。

所以需要懂得：我们对故乡的感情来自对诞生地的爱和对远游的向往，也是由扩大和丰富我们故乡的旅行形成的。

也许，由于我们对故乡的感情里包含有这样的内容，所以我们心爱的地理学才分作两部分：宏观地理学，它所研究的是宇宙中的地球；“小型”地理学，或者叫做微观地理学，它的任务是：从近在我们身边的自然界日常现象中，向我们揭示宇宙的生活。

树干国家

树挺立着，风逐一翻动树叶，于是它们彼此之间絮絮聒聒，树枝则友好地互相点头致意。树枝所以能够点头，树叶所以能够闲聊，都是因为有强壮的树干牢牢支撑着它们，这一点已经是不言而喻的了。

当它们既要互相闲谈，又需要为树之国家提供营养的时候，它们之间可不像人们那样，它们从来没有分歧。所有叶子没有一片是相同的，但它们全体一致同意，必须把自己的一部分贡献给国家。可见它们懂得人人为大家服务的必要性。

云

我们常常会在云彩里看到生活中的人物：历史上的人物有亚历山大·马其顿，文学作品中的人物有唐·吉诃德，每个人都能看到他自己想象中的形象。可是一想到云的成分，就突然觉得很不愉快，仿佛有什么东西刺伤了你的心：那里，云彩里面什么都没有，所有这些形象都是我们自己想象出来的。

大自然中的人

白杨的天然播种是一个由量（许多种子）变为质（新生的白杨的个体）的过程。

人的形成是不是也是这样，是由大自然进行天然播种的呢：许多动物形成了一个统一体——人。

人从大自然那里为自己拿来一切，把一切都集中到自己这里，他保存一切，向前运动，并对一切负责。

据说陆地上的一切生物都是从海里来的，海是我们大家的母亲。在岸上，我是爱海的，但在海里游泳，我却觉得寂寞：永远是那同一圈环抱着一片蔚蓝色的地平线。

不错，从前不知什么时候我来自大海，但我不想回到那里去。但从岸上看，我爱海上的一切——无论是暴风雨，还是平静的海面。我爱坐在岸边的石头上，望着大海，思索陆地上的生活。

记得勃洛克看过了我的一本关于大自然的书以后，对我说：

“您做到了理解大自然，和它融为一体。不过，您是怎样才能投身于大自然的呢？”

“为什么是投身呢？”我回答说，“投身，只能是往下跳，而我所爱的大自然中的一切都高于我：我不是投身而是升高。”

大自然中一切有生命的东西，都是向着太阳，从地面上向上升高：草、树木、动物——一切都在生长。人也是一样，和大自然融为一体，也在长高，也在成长。

即使不久于人世，也要播种黑麦

在四季的运行过程中，和春夏分手，我们是很难过的；然而当秋天阴雨泥泞的天气到来，接着又是凛冽的严寒，这时我们就会以我们这颗行星必然的运转来自我安慰了：美好的日子过去了，然而要知道，这种讨厌的天气也会过去的。

不久，对新春耐心而怀着喜悦的期待就和以运动这一事实来自我安慰的感情结合在一起了。

我们的地球这样运动着，于是我们对战胜邪恶的善的信念，对我们也和行星一起向某种美好事物运动的信念，也在与日俱增。

任何一个悲观主义者也不会反对这一信念；如果他自己没有这种信念，那么这得怪他自己——自己总是没有信念，而人们是怎样生活过来的，却仍将在这种信念中这样生活下去——即使不久于人世，也要播种黑麦！

脉搏

即使一位画家用手画一条笔直笔直的直线，人类血液的脉搏还是会对它发生影响；我们了解自己血液的运动，就可以看出，这条直线是人的手画出来的。但只要画家消除脉搏的影响，画图时使用画线尺，那么对于我们来说，人也就消失了；对这样的直线，我们就看不出哪一条是人画出来的，哪一条是根本不用人动手，完全由机器画出来的了。

似乎，用尺子和一切机器创作出来的东西，在我们看来，也都应该是有生命的生物的作品，更何况我们都知道这是我们自己做的呢。

最可能的是，在我们借助机器做成的这类事物里，你自己不能看到自己，正如没有镜子，根本就看不到自己一样。我们自己遮住了自己，只看到由物到物的关系。

我们人类的任务是：造一面能照出我们自己行为的镜子。

动物是无人照管的，人之所以是人，就在于他从地上站了起来，同时竖起一面镜子，看到了自己，并且说："这是我！"

在无比的高度上

米哈依尔，你记得你在尚未披上新装的小白桦之间，站在落叶上打山鹬的情况吗？当时你曾经想，这些去年的落叶现在将作为肥料转移到新的生命里去。人却不满足于肥料的地位。瞧，就连我，一个根本不能和普希金相比的作家，如果和自己的肉体，也就是和为未来人类的田地提供肥料的物质相比，我也是站在无比的高度上。

当然，要站在这样的高度上，就得成为一个半神半人式的英雄；而我知道，如果普希金还活着的话，他看了我为孩子们写的任何一篇故事，一定会拥抱我，像在他自己身上那样，在我身上看到不朽的精神作用。

形象和规律

人们有时会有和我们自己同样的感受，于是我们就根据自己来认识他们；如果他们不像我们，我们又是根据自己，从反面，从这样的意义上来认识他们：我是那样，你却这样，照你自己那样。

我们也是这样根据自己来理解大自然的，要么就是把它看作“冷漠无情的”，和我们格格不入的：我们那样，它却这样，照它自己那样。

这两种认识，对我们来说就是诗的，或艺术的认识和科学的认识。在一方面，是形象；在另一方面，是规律。

气　泡

一条熟悉的急流流入密林，于是说起话来：它在那边说，在另一边，打了个弯，也在说，在第三个地方嘟嘟囔囔，所有这些说话声在森林里发出回声，响成一片。

我找到了急流跌落下去、唠叨不休的地方，坐在那儿的一个树墩上。流水里夹带着那么多气泡，这真叫我惊讶。我暗自询问自己，如果大自然中一切都是合理的，那么除了那么严肃的事情，如借助流水散布种子，形成河流等等，为什么还要同时形成那么多气泡呢。

气泡和流水一同跌落下去，推推挤挤，紧缩在一起，变成一大团那么稠密的白色泡沫，简直可以像拿棉花那样用手把它抓起来。

当我沉思默想，望着流水发问："要气泡干吗"，我的思想受它自己的某种规律支配，也许是违反规律地跳到了人间；人间也漂浮着各种气泡，于是我也向自己提出了同样的问题："川流不息的人类的洪流干吗也要挟带着这么多空无一物的气泡呢?"

某种东西

对我们来说，大自然中的一切都是可以代替的。树可以代之以树；鸡可以代之以鸡；猪可以代之以猪；狗可以代之以狗。但有时也会有不能取代的树，不能取代的狗和马：杜洛夫[①]就有一头不能取代的猪。

这种独一无二的事物的不能代替性，就正是人的本质。而既然在动物和植物中也可以发现这种现象，这就是说，由于人类的恩惠，在低等生物中也产生了人类的生活。

先有什么

应当到什么地方去弄清楚，人类到底先有什么——是望远镜呢还是显微镜？我好像觉得，也许是记得，是先有望远镜。因为人类首先想象宇宙是什么样子，后来才把原子的运动看作宇宙。

一般说人就是这样成长起来的：在达到一定的年龄以前，靠外界的经验充实自己，后来在自己身上发现了这一切，于是终于获得了智慧的证书：那是太阳，那些是星星、行星、森林、海洋，根据自己来了解和评判大家。

---

① 杜洛夫：著名杂技演员；祖孙几代人都是杂技演员，这里不知是指哪一个。

光和阴影

大自然中花模仿太阳，这对大家是显而易见的——每一块草地上都有金黄色的花朵，长着金太阳一样的小圆花心，围着一圈射向四面八方的金光。如果说，到处花和树都是冲着光向上生长，那么从这一生物学的观点来看，人类就尤其是这样的——竭力向上，追求光明；当然啦，他把自己这种向上的运动叫做进步。

与这种植物之中特别明显的向上运动一起，还有一种横向运动。尽管作为单个的植物被固定在一个地方，它们的种子却往往装备着翅膀，到处飞翔，把它们的种类扩展到广阔的空间里去。

如果说我们的进步好像向阳的向上运动，可以在每一朵小花上观察到，可以归之于太阳的作用，那么我们在哪儿才能找到我们进行扩展的始因呢？这是谁指点我们的，哪儿是我们的横向运动的原型，存在于什么东西上呢？

光来自太阳，阴影来自地球；由光和阴影产生出来的生命就在光和阴影这两种因素永恒的斗争中经过，消失。

美是真理之光，而美的阴影就是谎言。

太阳东升西落，有时走近，有时远去，是它在确定地球上我们的秩序——我们的时间和我们的位置。大地上所有的美，光和阴影的分配，线条和色彩，声音，天空的轮廓和地平线—— 一切，一切——都是这种秩序的现象。不过太阳的秩序和人类秩序的界线在哪儿呢？

森林、田野、水——用它的蒸汽——和大地上的一切生命都在竭力追求光。然而如果没有阴影，大地上就不可能存在生命，因为一切都将在阳光中烧尽。多亏了阴影，我们才能生存，但我们并不感谢阴影；一切坏的东西，我们都称之为生活的阴暗面，一切好的——理性、善、美——都称之为光明面。

我们大家都诞生于无限的边界附近，大家都看得见地平线的轮廓，大家都感觉得到自己躯体的界限；在它之外，就像在地平线之外一样，我们感觉得到，甚至看得见大自然的无穷无尽以及它的大洋、大气和星空宇庙。

秩序起源于太阳，甚至和最微小的生物都有关系。太阳一出来——小甲虫就用触须活动起来；太阳隐蔽起来——小甲虫也不动了。小甲虫的时间就是这样确定的。白天有多长，小甲虫就在多长的一段时间里绕着一定的空间爬行或飞行，然后又回到它那个缝隙里去过夜。一天之中它爬过的那个空间、那个区域，就是小甲虫的秩序的第二范畴。

一切都竭力追求光，然而如果把光一下子给予一切，那就不会有生命了。云用自己的阴影遮住阳光，人们也是这样用自己的阴影互相遮蔽着，这阴影来自我们自己。我们用它来保护自己的孩子，遮住他们还受不了的光。

我们是暖是寒——太阳才不管我们的事，它晒呀，晒呀，毫不照顾我们的生活。这是地球在旋转，有时用这一面，有时用另一面对着太阳，用自己的阴影遮蔽着我们……我们的生命多亏了阴影——地球的阴影，但生活却是这样安排的——一切有生命的东西都在追求光。

译后记

米哈依尔·米哈伊洛维奇·普里什文（MHxaHnMHXaHnoBHqIIIpHIIIBHH，1873—1954），这位歌唱大自然的诗人，对我国的文学爱好者来说，已经不是一个陌生的名字了。诚然，他留给这个世界的不是诗，而是独具一格的散文，但可以毫不夸张地说，他的散文也许比某些徒有诗的形式的诗更富有诗意，他的散文能在人心灵深处激起对美的憧憬，或者用他自己的话来说，是能“使美成为善的太阳。”

有一些书是永远不会过时的，虽然它们从来也没有时髦过。普里什文的作品就是如此。普里什文自己虽然谦逊地说，他并没有什么“真正的成就”，“名望甚至还不如一个中等作家”，但他深信自己会在人民中“找到自己的位置”，深信他的“种子”——作品——“能够发芽”，而且会开出蓝瓣金蕊的“勿忘我花”，也就是说，人民是不会忘记他的。他的预言果然应验了，他的作品经受住了时间的考验，在他逝世三十多年以后，读者对他作品的兴趣不但未尝稍减，反而日益增加。正如他自己所说的：“只有在俄罗斯人民灭亡的时候，才能把我消灭，但人民不会灭亡。也许，它不过刚刚开始生活。”

普里什文的创作植根于对人民的爱：“我写——也就是说，我爱。”但他决不去迎合什么，而是根据自己心灵的命令写作。他说：“我的一切研究都是从我自身开始的，我把自己的题目，像一个空桶样，放进自己的井里，如果吊桶是空的，我就抛弃这个题目，犹如抛弃已经死亡的东西。如果从井里打上水来，我就用这活命的水喷洒到沉睡着的素材上去，于是不知为什么我就忘记了自己。”就这样，他把“不朽的灵魂吹进”一切引起他深思的事物中去：即使那只不过是一片落叶、一只死蝴蝶、草尖上的一滴露珠，于是这一切就都有了生命，用它们美的光辉向我们展示出善的真理。

和高尔基的友谊始终是普里什文思想上和文学上最可靠的精神支柱。高尔基说：“细读您的著作，我发现了您所独具的优点……在我看来，您所写的不是自然，而是比自然更大的东西——是大地，是我们伟大的母亲。”对普里什文的语言，高尔基曾作过这样的评价：“在尼·谢·列斯科夫之后，我们的文学艺术中还没有过如此老练的大师。但列斯科夫是天才地运用叙述的语言，而普里什文则是完美地令人惊异地掌握了描绘的语言。他当真是在‘塑造’。他的句子在作手势，他的语言则在进行思索。”

普里什文出生于奥廖尔省叶烈茨县一个商人家庭里。他在里加综合中等技术学校学习时参加了马克思主义小组，翻译过恩格斯的《反杜林论》和倍倍尔的《妇女和社会主义》。因为进行马克思主义宣传，于1897年被捕入狱。出狱后，俄国的学校已对他关闭了大门。于是他到了德国，进莱比锡大学，学习农艺。在来比锡，他曾大量阅读斯宾诺莎、康德、尼采和歌德的著作。后来，他又去过巴黎，一次没有结果的爱情始终留在他的记忆里，直到晚年，他还曾在日记中提起，并把诗比作树用来医治自己伤口的树脂。回国后他曾在克林和卢加作农艺师，还为一些农艺杂志写过稿子。他的第一篇文学作品是儿童故事《萨绍克》。但使他终于走上文学创作之路的是《在鸟不受惊的地方》。著名诗人亚历山大·勃洛克看了这部作品，说：“这当然是诗，不过还是什么别的东西。”因为这部作品，普里什文成为俄国地理协会的正式会员，并获得银质奖章。此后，他曾在祖国到处游历，这些旅行给他的创作提供了丰富的素材和灵感。但俄罗斯中部地区在他的创作中更占有特殊的地位。他的晚年就是在俄罗斯中部地区，在莫斯科州度过的。他不像有些作家，把自己关在书房里，闭门写作，而是带着铅笔和小本子到森林里去，随便坐在一个树墩上，让笔跟踪他的思想，记下大自然在他心中唤起的一切。

他的主要作品有：《小圆面包》（1908）、《克鲁托亚尔的野兽》《鸟的坟地》《看不见的城市的墙边》（1909）、《亚当和夏娃》（1909）、《黑脸的阿拉伯人》（1910）、自传体长篇小说《恶老头的锁链》（1960，全文出版时作者已去世）、《仙鹤的故乡》（1929）、《亲爱的野兽》《人参》（1933）、《没有披上绿装的春天》（1940）、《叶芹草》（1940）、《列宁格勒儿童的故事》（1943）、《当代的故事》（1945）、《太阳的宝库》（1945）、《造船的密林》（1954）等。

《大地的眼睛》是作者晚年（1946—1950）的日记体散文。在《作者的话（代序）》中，他说，他“写书就像是为自己的后辈写一篇关于心灵的遗嘱”。巴乌斯托夫斯基在自传体长篇小说《一生的故事》中谈到普里什文时，曾经说过这样一段话：

有一次普里什文对我说，他发表的一切作品和他的日记，与他每天所做的笔记相比，是完全微不足道的。他一生都在记笔记。他主要是想为后代保存这些笔记。

普里什文去世后，这些笔记中有一部分已经发表了。就其内容来看，这是一部惊人的巨著，充满富有诗意的思想和出乎意外简短的观察结果——普里什文在这些日记中用两三行文字表达出来的这些观察结果。如果加以发挥，就足够另一个作家写出整整一本书来。

巴乌斯托夫斯基所指的显然就是《大地的眼睛》。

接着，巴乌斯托夫斯基进一步指出普里什文创作的特点：

如果说文学中有潜台词——作品的第二种含意。如同回声一般反映主音并使之在我们意识中巩固下来的、第二次出现的幻象——那么普里什文就揭示出了俄罗斯大自然的潜台词。

这一潜台词的秘密就是：由于看到小树林、野兽、云彩、河流、僻静的灌木丛，由于看到某一棵醋柳第二次开花，产生了他个人的十分隐秘的内心感觉，这种内心的感觉和大自然融为一体，并赋予大自然一种特殊的、普里什文的面貌。

普里什文本人仿佛就是俄罗斯大自然的一种现象。

巴乌斯托夫斯基的这段话也许是帮助我们理解普里什文的作品、特别是《大地的眼睛》的钥匙。普里什文往往是在自然现象中看到他所认为的人类社会的真理，把大自然看作人类的镜子。

普里什文的有些作品，如《大地的眼睛》中的某些章节，似乎难以看懂，这也许是因为，他是用他自己“独特的、有时对于周围的人来说不易理解的语言表达他那些十分独特的思想”。而且《大地的眼睛》中有些段落本来就不是一篇完整的作品，而只不过是作者为自己草拟的简短提纲，需要读者以自己的想象力“加以发挥”，才能看到“整整一本书”中所包含的丰富内容。

《大地的眼睛》共分三部分，第一部分题为《通向友人之路》，第二部分题为《沉思》，第三部分题为《人类的镜子》。全文约三十万字。这里选译的不过是全文一半的样子。对关于艺术、创作和含有人生哲理的章节，特别是《沉思》那一部分，介绍得比较多一些；第三部分中《一年四季》一章，全文都译出来了。另外，作者对各种事物的各种不同看法，也想尽量介绍给我国读者，以便对作者的观点有一个比较全面的了解，而不致像鲁迅所说的那样：由于历代选家只选了陶潜的《桃花源记》《归去来辞》和“采菊东篱下，悠然见南山”之类的作品，使一般人只知道他“飘飘然”的一面，而不知道他还有“精卫衔微木，欲以填沧海。刑天舞干戚，猛志固长在”那样“金刚怒目式”的诗篇。由于是选译，出版时特以《普里什文随笔选》为书名。

本书是根据苏联列宁格勒出版社1978年出版的《普里什文文集》（一卷本）选译的。以译者的水平翻译这样一部“惊人的巨著”，错误和不妥之处自然在所难免，希望得到不客气的批评、指正。

译 者

1987年1月